Dans mon village, il y a belle Lurette...

Contes de village

FRED PELLERIN

Dans mon village, il y a belle Lurette...

Contes de village

Planète rebelle

Planète rebelle

Fondée en 1997 par André Lemelin,
dirigée par Marie-Fleurette Beaudoin depuis 2002
7537, rue Saint-Denis, Montréal (QC) H2R 2E7 CANADA
Téléphone: 514. 278-7375 – Télécopieur: 514. 373-4868
Adresse électronique: info@planeterebelle.qc.ca
www.planeterebelle.qc.ca

Image de la couverture: Ginette Fréchette, *La maison ancestrale*, acrylique, 18 x 20
(http://www.multimania.com/gfrechette/)
Mise en pages: Planète rebelle
Conception graphique de la couverture: Lise Coulombe
Impression: Marquis Imprimeur

Les éditions Planète rebelle bénéficient des programmes d'aide à la publication
du Conseil des Arts du Canada, de la Société de développement des entreprises
culturelles du Québec (SODEC) et du « Gouvernement du Québec - Programme
de crédit d'impôt pour l'édition de livres - Gestion SODEC »

Distribution en librairie:
Diffusion Dimedia
539, boulevard Lebeau, Saint-Laurent (QC)
H4N 1S2 CANADA
Téléphone : 514. 336-3941 – www.dimedia.com

Distribution en France:
DNM – Distribution du Nouveau Monde
30, rue Gay-Lussac, 75005 Paris
Téléphone: 01 43 54 50 24 – Télécopieur: 01 43 54 39 15
www.librairieduquebec.fr

Dépôt légal: 2001
Bibliothèque nationale du Québec
Bibliothèque nationale du Canada
ISBN: 978-2-922528-23-7

Table

Avant-Propos 9

Il y a belle Lurette… 11
Conter fleurette 17
L'étalon haut 25
L'ennuyance 39
Le bonbon du mensonge 43
Madame Riopel sort de sa tombe* 53
La mémoire...65
L'alluneur* 75
Le déconte de Noël 81
Les mitaines 87
La parole de Dièse 95
La danse à Lurette* 111
La bosse de Babine* 117
Épilogue* 127

* *Inspirés de la tradition orale.*
Note : les versions des contes présentées sur le CD diffèrent de celles publiées ici.

À ma grand-mère, mon père, ma mère et mon frère…

À pépère et mémère Eugène et Juliette Garant

À Ferdinand «Bébé» Garceau, Jack Langlois, Sylvain Chiasson, Pierre «Watson» Gendron, Michel et Paul Brodeur, Marc Ouellet, Les Tireux d'Roches, Didier Hamon, André Garand, La Pierre angulaire, Bryan Perro, Renée «Love» Houle, Réjean Audet, Clémence Pellerin, Jeannine Lacerte, Léo Déziel, Crème Boston, Yvon Roussel, Serge Dupuis, Lucie Rouette, Raymond Lafont…

À tous ceux et toutes celles qui ont fait et continuent de faire de Saint-Élie de Caxton un village surréaliste…

Avant-propos

Le conte oral ne doit pas être confondu avec la littérature.
Jean-Aubert Loranger

« La prochaine histoire que je vais te conter, elle est dure à avaler ! Je vais aller mettre mon dentier pour la mâcher comme il faut ! » Voilà ce qu'elle disait, ma grand-mère, avant de commencer à rendre ses contes.

Elle partait à la salle de bains, à petits pas de pantoufles neuves sur un prélart usé, le dos courbé sous le poids de ses souvenirs. (Le passé laisse des traces, toujours ! Des traces qu'on suit encore, avec une brèche de nostalgie dans le cœur. Comme une grafignure qui ne cicatrise pas.)

Moi, je m'installais devant mon verre de lait dans lequel trempaient des morceaux de biscuits Goglu, puis j'attendais qu'elle se grèye les gencives.

Quand elle revenait à la cuisine, ma grand-mère, elle souriait. On voyait reluire ses vieilles dents enlignées, toutes droites ! Des dents de grandes occasions qu'elle tenait de son arrière-grand-mère. Un dentier, gossé dans du bois d'érable, qui avait jauni, mâchant d'une génération à l'autre. De bouche de chiqueuse de tabac à mordeuse de poussière, et ainsi de suite.

Joë Folcu, il disait que ma grand-mère, quand elle sortait son dentier, elle ressemblait à un épi de blé d'Inde du mois d'août : des rangs de petits grains jaunes bien cordés ! Moi, je la trouvais belle.

Il y a belle Lurette...

Ça disait :
« L'or naît de l'eau
comme naît de la mer l'astre d'or de l'aurore. »
[...] – C'est ben simple, vieille oreille,
c'est ma recette de tire d'érable.
Pierre Chatillon

Ma grand-mère disait que l'histoire s'est passée dans le temps où c'est que du temps, il y en avait encore.

« Oui ! Du temps, de reste, pour toujours. Toujours, puis même un peu plus après. Ça fait longtemps, ça ! Aujourd'hui, ti-gars, avec les cadrans qui tic-taquent à batterie, l'éternité a refoulé d'un bon bout. Par les temps qui courent, ça marche plus. Garrochés pour travailler, manger puis dormir, on se grouille même quand vient le moment de l'agrément. C'est rendu qu'il faut éjaculer à la première précocité pour sauver des minutes. C'est rendu que même le poulet puis le jambon sont pressés ! »

Ma grand-mère, elle disait, avec des miettes de souvenirs pognées entre les dents, que ça se déroulait dans une autrefois. Dans le temps où c'est que du temps, il y en avait encore.

***

Dans l'ancien temps, il y avait seulement quelques rues et des débuts de rangs, clairsemés par-ci, par-là, pour laisser deviner les traits qu'allait prendre le visage de Saint-Élie de Caxton. Encore à moitié déchiffré, notre territoire comptait si peu d'occupants qu'on l'appelait encore la mini-cipalité.

Là, au beau milieu de tout ça, plantées sur la rue principale, pas loin de l'église, se trouvaient les maison et boutique de Bustave Riopel. (Plus tard, ma grand-mère allait devenir propriétaire de cette maison.)

Le bonhomme Riopel, avec les années, s'était forgé une réputation d'habile habitant. D'ailleurs, c'est comme forgeron, et en tant que maréchal-ferrant du même élan, qu'il gagnait sa pauvreté. À grands swings de marteau sur l'enclume! Dès la première sueur du jour, on pouvait l'entendre, comme une fanfare, battant le fer à plein régiment. Dans un vacarme des enfers, il chauffait, frappait et tortillait des retailles de métal qui finissaient par prendre des difformes parfaites. Ti-Bust Riopel savait le tour de fabriquer et réparer les cantouques, crochets et chaudières ; d'entretenir pattes de jouaux et roues de voitures. Toujours, à part de ça, avec grande minutie.

Son savoir-fer, le bonhomme prétendait le tenir de ses ancêtres. (Selon lui, le forgeage se trouvait dans la lignée depuis Gros-Magnon Riopel. D'aucuns vont jusqu'à dire que l'histoire du chaînon manquant pouvait se lire dans son album de famille : *à cause d'une pénurie de fer, un des arrière-arrière-arrière-alouette-Riopel a pas pu boucler un certain maillon de la chaîne dévolution.* Mais ça, c'est une autre affaire! Laissez-moi tomber dans le vif...)

Bustave Riopel, fier forgé comme un coq de clocher en beau cuivre luisant, s'était, un jour, piqué la girouette sur le pignon de la chapelle d'une bonne créature. (En d'autres mots : il s'était marié !) Depuis de nombreux printemps, l'artisan et sa femme partageaient leur vie dans la fidélité, l'obéissance, puis tout le kit.

Comme des ouailles à l'ouïe fine, le couple croyait dur comme fer en la parole du curé de la paroisse. Réguliers sur la dîme, confessés hebdomadairement, prenant congé le dimanche : tout allait pour le monde dans le meilleur des mieux.

(Numéro un !)

À vrai dire, dans tout ça, il y avait une chose qui clochait. Ah ! Une petite chose de rien... Pas de la mauvaise volonté. Non ! Tout était tiguidou. En seulement, les Riopel n'avaient pas encore d'enfant.

(Pas un !)

Prends-donne, tire-pousse (fast-forward-rewind, eject-power !) : toutes leurs tentatives de se mettre en famille avortaient. La bonne femme avait beau s'éjarrer, le cœur rempli d'amour, elle ne pouvait rien offrir de plus qu'un derrière aride comme une terre de roches. Il n'y avait pas une graine qui arrivait à germer dans ce sol-là !

Depuis le temps qu'il verbait en chair, le curé du village avouait n'avoir jamais vu un postérieur nuire autant à la postérité. Jamais ! Puis malgré tous les moyens qu'il utilisait pour convertir les ovaires et testicules des Riopel, les échecs s'accumulaient. (Pris avec son mandat divin de promotionner l'engendrement au maximum, il ne devait tout de même pas lâcher. À tout bout de champ, comme de fait, on le voyait se pointer le crucifix dans l'entrebâillement de la porte pour vérifier si ça engrossait.)

— Faudra essayer encore une foi !

Thérapie divine, priage de Sainte Vierge, dévotion à la Marie de l'Incarnivore, branlage de chapelets, envoye par là ! Il repassait dans l'intégral le *set* des appels aux miracles : du *Kama Sutra* jusqu'au fond de la boîte à bois…

Puis malgré tout, au grand désappointement des parties, les entreprenances restaient sans fruit. C'était comme si le *airline* des cigognes ne livrait pas chez les Riopel.

Vous comprendrez qu'à la longue, le forgeron commençait à en avoir assez du curé. (La face du confesseur étampée dans les couvertes de son lit, ça lui donnait l'impression de dormir dans le suaire de Turin.) C'est pour ça qu'à un bon moment donné, avant d'en venir à sacrer une volée à son représentant divin, Ti-Bust se prit en main.

— On va procréer autrement !

***

Par un soir d'orage, de tonnerre qui bardasse, l'homme de fer décida de mettre son plan à exécution. Cette fois-là, il fit appel aux bons soins de la Sauvagesse, l'Indienne à laquelle les villageois attribuaient des pouvoirs de sorcellerie. (Elle était, en vérité, une simple pratiquante de la médecine sympathique. Très sympathique !)

Ce soir-là, que je disais donc, le forgeron s'étira en *overtime* dans son atelier. À la brunante, sous une pluie battante aux allures de déluge, la sorcière marcha dans les flaques d'eau pour venir rejoindre le bonhomme Riopel.

(Ce qui se brassa là, pour être honnête avec vous, je ne le sais pas exactement. Ma grand-mère elle-même ne pouvait rien m'assurer, rapport que personne n'a eu le droit d'assister aux opérations. Personne ! Pas même la femme de Ti-Bust ! Tout ce qui demeure, dans la poussière du souvenir délavé par l'orage, c'est un ramassis de suppositions et d'histoires : de suppose-histoires pour soulager notre incertitude.

D'abord, on sait que Ti-Bust se rendit dans son hangar. Fouillant dans le débarras comme on cherche dans son inconscient, il aurait trouvé là le matériel nécessaire à sa création. À la boutique, ensuite, derrière des fenêtres trop sales pour y voir, ça mena du train. Jusqu'à tard dans la nuit, sous un ciel noir comme de l'asphalte, on entendit Ti-Bust fesser (*Han!*), marteler (*Han!*), frapper et taper (*Han! Han!*). Ça, c'est sans compter les cris (*Ah! Oui! Ah! Encore...*) de l'assistante-magicienne qui étalait au complet son gréement de formules magiques, d'incantations merveilleuses. Ces sparages-là, ça dura durant des heures, des heures...)

***

Pas loin de l'aube, l'orage tu et le branle-bas achevé, on entendit un cri : un braillage qui s'accordait avec le raillage matinal du cocorico. Un son des entrailles de la vie qui sonnait comme les premiers pleurs d'un bébé naissant. C'était ça, l'enchantement : l'enfantement.

Par-derrière la Sauvagesse, qui replaçait sa jupe pour s'être trop démenée la magie, Ti-Bust sortit de sa boutique avec un poupon dans les bras. Il alla porter l'enfant directement à sa femme. Tellement contente, la Riopel, que même un illettré aurait pu lire le bonheur dans ses crottes de yeux du matin de bonne heure.

Le curé? Lui aussi sursauta en apprenant la nouvelle! (L'affaire qu'on disait, c'est que cette enfant-là, qu'on baptiserait sous le nom de Lucienne, avait été forgée, sculptée, dans un lingot d'or! Oui! Puis grâce à l'alchimie de la sorcière, qui allait d'ailleurs avoir l'honneur d'être marraine, l'or s'était fait chair. Chair et chimère, oui, mes chers! Et tout porte à croire que c'est bien vrai : cette belle petite fille-là, comme un filon sur un marché boursier sans krach, elle allait prendre de la valeur avec le temps.

Je vous dirai, à part de ça, que tous ceux qui pensaient que c'est seulement dans le mois de mai que les filles sont belles, ils changeaient leur capot de bord en la voyant. Lucienne: elle était comme un printemps à l'année longue! Une beauté quatre saisons! L'or, ça lui donnait une peau dorée comme un soleil. Avec ça, son père l'avait parée de grands yeux luisants, ronds comme des lunes, avec de petites étoiles brilleuses là-dedans. Lucienne! Il aurait fallu être aveugle pour ne pas se laisser charmer.

Comme une princesse de conte, elle devint une référence en frais de beauté, un mythe, une légende que vous avez sûrement entendu conter. Lucienne Riopel! On la surnommait Lurette, la belle Lurette...

Belle comme la vie, avouait ma grand-mère, puis la vie était encore belle dans ce temps-là.

Conter fleurette

Ton sourire m'attire comme
Pourrait m'attirer une fleur.
Guillaume Apollinaire

Ma grand-mère disait que l'histoire s'est passée dans des mots de tous les jours.

« Oui ! Des mots coupants, taillés à la hache. Aujourd'hui, ti-gars, l'Orifice de langue française vous coupe le verbe sous le pied de la lettre. Il vous enlève les mots la bouche. C'est rendu qu'il faut peser vos gros mots à chaque fois que vous voulez parler. Quand c'est trop lourd, il vous invente des tournures tellement légères qu'elles ont l'air vidées. Ça va finir comme une langue morte d'étourdissements, à force de se la tourner dans la bouche. Comme le latin, le grec et les langues de cochon dans le vinaigre ! »

Ma grand-mère disait, et c'était loin d'être son dernier mot, que ça se passait quand on parlait franc. Dans des mots dits qui ne s'écriront jamais parce qu'aucune grammaire n'arrivera jamais à les dompter.

***

Les années filèrent en aiguille. Lurette, avec la beauté imprégnée dans le spring d'ADN, elle profitait. Loin des folies et des idées démesurées, elle se remplissait de petites vertus.

Son plus doux plaisir (pour vous montrer comment elle ne se compliquait pas le bonheur), c'était d'aller s'assir le long de la rivière, pas loin du pont, en bas de la côte du presbytère. Simplement! Pour regarder couler l'eau, pour se tremper les pieds dans le courant quand il ne faisait pas trop froid. Les narines au vent, en chorale avec les oiseaux, elle turlutait des airs de ritournelles.

Quand le temps vint pour elle de fréquenter la petite école, ça dura trois jours seulement. (La belle Lurette trouvait que le tableau **noir** des sœurs grises manquait de couleurs.)

Dans la classe, elle dépensait ses heures à jeter les yeux à tort et à travers le châssis au lieu de les poser dans ses livres. Ti-Bust, son père, aurait bien souhaité voir sa fille plonger dans l'instruisance. En seulement, comme elle préférait suivre le cours de l'eau plutôt que celui de la maîtresse, il la laissa libre d'agir à son gré, à son gué.

— Pôpa! Les trop hautes études, ça me donne le vertige!

C'est pour ces raisons-là que la belle Lurette resta libre de tous les faux-savoirs qu'on nous incorpore dans les institutions. C'est pour ça qu'elle se spécialisa dans la connaissance des écurieux qui couraillent, dans le savoir des tourbillons de la rivière.

Quand on lui nommait les tonnes d'affaires qu'elle ignorait, elle répondait qu'elle s'entendait mieux à *croire* plutôt qu'à *comprendre*; à *sentir* puis *vivre* plutôt qu'à *chercher*. (Elle avait peut-être compris la poésie.)

D'après elle, quand bien même on ne comptait pas jusqu'à cent, rien que d'une frappe, ça n'empêchait pas d'être content. La bouche trop menue pour mâcher des mots de génie, elle portait un cœur assez grand pour manger des beurrées de ciel sur son pain à chaque matin. Ça lui suffisait. Voilà!

***

Le meilleur ami de Lurette, c'était Dièse. (Surnommé ainsi parce qu'il parlait toujours un demi-ton plus haut que tout le monde.) Jeune chiqueux de tabac, rempli au bord des mêmes rêves et passions que la belle, Dièse fleuretait Lurette depuis l'enfance, sur les carreaux de la marelle. Il trouvait la fille en or tellement de son goût qu'il avait les yeux gercés d'avoir trop regardé ses lèvres.

En plus qu'avec le temps, la fille dorée s'était transformée en une jeunesse ragoûtante, avec des petits seins comme des fruits des champs qui pointaient sous ses robes de lin léger. Des fruits défendus dans lesquels tous les jeunes hommes à la voix déjà mûre auraient croqué à belles dents.

***

Par un jour de début d'été, Lurette se trouvait en train de se faire embrasser les orteils par les têtards de la rivière quand Dièse retontit.

— Salut, Dièse!

Il semblait jongleur, le jeune homme, la pensée occupée à mijoter quelque nouvelle imaginance.

— Dièse, conte-moi un conte!

La Lurette continuait à flacoter des pieds dans le courant; Dièse roulait ses jambes de salopette pour en faire autant.

— S'il te plaît! Juste un petit conte de rien.

— Lurette! Veux-tu entendre ma meilleure histoire? La celle que j'ai jamais laissé entendre à personne?

— Ta meilleure histoire? souffla Lurette, déjà piquée dans l'émerveillement.

Dièse prit un grand respire, se redressa le corps, puis, en enlignant la Lurette dans ses yeux de lune, il décolla...

***

C'était une fois pour toutes, dans un pays, un papillon. Un papillon comme tous les autres! En le voyant vitement, on le trouvait bien ordinaire. Pareil que ses millions de frères et sœurs multicouleurs.

Pareil?

Pas complètement! Si on regardait comme il faut sur ses ailes, on pouvait remarquer la tache d'une couleur que les autres avaient pas.

(Une couleur que même ma grand-mère, avec son dentier, n'était pas capable de me nommer.)

Emporté dans le vent de la liberté, le papillon galvaudait un peu partout. Tout l'été, il avait volé: dans le bois, dans les villages, à gauche, à drette, puis à l'étalage.

(Dièse savait conter comme personne. Déjà, il mimait de sa bouche les mouvements de sa bibite. Ouvrir, fermer, ouvrir et serrer encore les lèvres: ça imitait le battement des ailes.)

Ce bel ange-là, il se dépêchait de visiter le plus de places possible, sachant bien qu'il mourrait à l'automne. (Tous les insectes savent ça: le cœur et les ailes arrêtent de battre avec les premières gelées.)

C'est fragile, des papillons! On peut même pas leur toucher tellement ils se brisent facilement.

À la première neige, il tomberait! Il fallait donc pas attendre!

Vole, plane, tournaille, pirouette: ce papillon-là voyait des affaires que la plupart des bibites verront jamais. Il a survolé les montagnes et les vallons, les trous et les collines, les mers et les déserts, puis encore, puis ailleurs...

(Dièse battait des babines, entre ses phrases, pour faire voler son personnage.)

Bientôt, l'été achevant de s'étirer, les nuits se sont mises à refroidir; les feuilles des arbres, à se teindre. Puis à mesure que le paysage prenait des couleurs, le papillon s'assombrissait. Il se remplissait de chagrin à l'idée du trépas qui s'en venait.

Un bon soir où la journée avait été tiède malgré l'automne tard, le petit volatile regardait descendre le soleil. Installé sur une feuille d'arbre, il se laissait bercer en écoutant chanter la dernière cigale encore en voix :

Ce sont les fleurs qui sont coupées
S'en vient l'hiver, s'en va le beau temps
Ce sont les fleurs qui sont coupées
C'est pour ma mie que j'aime tant
Il y a-t-une fleur qui ne meurt pas
S'en vient l'hiver, s'en va le beau temps
Il y a-t-une fleur qui ne meurt pas
Et c'est ma mie que j'aime tant

La fleur qui meurt pas ! En entendant ça, l'espérance du papillon ordinaire reprenait sa vigueur du printemps. Survivre à la mort avec la fleur qui dure tout le temps ! Toffer pour l'éternité !

Vole, plane, tournaille, pirouette : les jours qui ont suivi sont devenus une quête d'immortalité.

(Le papillon battait des ailes à en fendre la bouche du conteux.)

Cherche, cherche… Il se trouvait bien quelques tiges encore debout, mais, comme la saison achevait de s'étendre, toutes les fleurs étaient déjà éteintes, fanées.

Trop tard ? Les pissenlits se mangeaient par la racine, la tête échevelée des restants d'allergies au pollen. Les fleurs de trèfle étaient flétries ; les lilas, dans l'au-delà et la capucine, décapitée. L'œillet s'était incliné ; le narcisse, noyé. L'iris riait plus, et même la pensée rendait l'âme…

Pendant ce temps-là, le feuillage des arbres devenait un tapis multi-couleur, comme un ramassis de cadavres de papillons. La neige s'en venait, ça se sentait dans l'air.

Le petit ventilateur commençait à voir venir son tour. Il fallait se faire à l'idée: la saison des tiges drettes était passée. Les paroles de la cigale avaient été rien d'autre qu'une chansonnette.

Au jour où la météo des paysans annonçait le début de l'hiver, le papillon s'est posé sur un piquet de clôture pour attendre le destin. Il braillait à chaudes larmes dans la froidure déjà engourdissante.

Tout d'un coup, il voit-tu pas...

Oui! Juste là!

Pas loin!

Une sorte de fleur immortelle, jouquée sur sa grande jambe!

C'est elle!

Les pétales ouverts, comme une jeune marguerite de juillet!

C'est elle!

Ressentant déjà la paralysie, le papillon s'est engançé pour voler. Dans un dernier swing d'espoir, il s'est envoyé en l'air...

(La bouche de Dièse arrivait juste à planer vers la fleur...)

Il tombait à terre, à tout bout de champ.

(*Envoye! Encore un peu de cœur!*)

Il sautait, retombait, frissonnait, remontait, puis, à force de forçages, il s'est trimbalé jusqu'au pied de la tige.

(Dièse avait le menton posé sur l'épaule de Lurette...)

De là, il a donné trois coups d'ailes et...

(... les lèvres de Dièse se posèrent sur les pétales de Lurette.)

***

Le baiser dura jusqu'à ce que Lurette se rende conte.

Vitement, elle se releva.

Gênée.

Elle n'osait plus se tourner vers Dièse.

Lui, de son bord, attendait d'avoir une réaction. Au moins, il espérait de ne pas l'avoir offensée… S'il fallait qu'un petit bec de malheur brise les chances de bonheur.

***

— C'est beau, Dièse! Dis-moi donc: le papillon a-tu passé l'hiver?

***

Dès qu'il a touché le cœur de la fleur, des flocons se sont mis à tomber du ciel. Doucement, comme des morceaux de nuages déchirés.

Le papillon a raidi, figé de plus en plus, jusqu'à ce que ses ailes grouillent plus. La neige collante s'est posée sur l'insecte pour le recouvrir au complet. Comme un voile, un linceul. Puis tout est devenu blanc, immobile.

Les paysans qui passaient par là, ils ont pensé que les ailes, posées en statue sur la tige, c'étaient les pétales d'une nouvelle sorte de fleur. Dans ce coin-là, on en avait jamais vu des comme ça.

Ils ont donc gardé l'échantillon dans un vase. Ils ont conservé la variété dans la mémoire. La nouvelle fleur porterait le nom de lys.

(Ma grand-mère disait que c'était plus qu'une fleur. C'était un fleuron qui ne meurt jamais.)

***

Quelques minutes trépassèrent avant qu'on entende d'autre chose que la rivière qui coulait. C'est Lurette, revenue de son nuage, avec son sourire de coucher de soleil, qui parla la première.

— Je pense que c'est l'heure d'aller souper.

Dièse, il ne se bâdrait pas avec le souper. Il venait de goûter Lurette, puis il pensait juste au dessert.

***

Elle courait déjà sur le chemin du retour. Avant de disparaître au tournant du sentier, la Lurette se dévira :

— Dièse ! Tu vas-tu m'en conter encore des contes de même ?

— Oui, Lurette. Toute notre vie si tu veux !

Ils étaient beaux, ensemble : attachants comme un nœud papillon. Ma grand-mère disait qu'à les voir, on croyait que c'était encore possible de rire pour rien, de s'amuser pour rien, puis de s'aimer pour tout.

L'étalon haut

Quand j'accueille Lucifer à cheval,
j'invite toujours Lucifer à repasser.
(Le forgeron de la Cour-Dieu)
Jacques Prévert

Ma grand-mère disait que l'histoire s'est passée dans le temps où c'est que les gens s'entendaient entre eux.

« Aujourd'hui, avec les instruments de communication, tout le monde parle. Ah ! Pour ça, il y a rien de changé : tout le monde parle ! Le problème c'est qu'on trouve plus personne pour écouter ! Beau vacarme : une bande de durs de la feuille qui se crient par la tête ! C'est rendu que les curés portent des appareils auditifs, eux qui criaient haut et fort que la masturbation rend sourd. Il y a de quoi se fermer le tympan ! »

Ma grand-mère disait que ça se passait dans le temps où c'est qu'on s'entendait. À l'époque où il n'existait pas de malentendants volontaires malgré les malentendus involus.

***

Quand il avait forgé sa fille dans le lingot, Ti-Bust Riopel n'avait rien oublié. Chaque détail avait été pensé avec un souci pointu. Étaient même gravées, dans la main de sa sculpture, des lignes d'amour et d'avenir. Des sillons creusés si justes, si fins ! Une aiguille de gramophone dans la paume dorée de la belle Lurette, puis ça vous jouait la plus belle des mélodies!

Deux chemins, d'amour et d'avenir, comme des promesses, qui se croisaient, se nouaient… Ça laissait croire à la belle que son rêve de marier Dièse allait se réaliser. C'était d'ailleurs promis depuis le premier baiser : des fiançailles pour les Fêtes!

***

Au temps de la colonisation (époque qui ne se terminera jamais complètement dans mon village!), le seul moyen de communication dont on profitait était celui, on ne peut plus fiable, du bouche à oreille. Et même si quelques lettres de la parenté d'en-dehors nous informaient de temps en temps, la principale source de renseignements demeurait le potinage.

Un jour, pour pallier ce retard dans les nouvelles, monsieur le Gouvernement décida de nous ploguer sur le réseau du progrès. Pour ce faire, il fit parvenir des radios aux villageois. Les habitants reçurent donc quelques-unes de ces bébelles qui grichaient à pleine tête.

— Des petites boîtes pleines de neige, que s'imaginaient les colons en écoutant grésiller leur haut-parleur.

— À cause des ondes courtes. Pas assez longues pour se rendre jusqu'icitte!

Chacun tendait l'oreille à son appareil. Le volume au maximum, tout le monde écoutait les nouvelles du soir. (D'ailleurs, le bruit des cloches enterrant les meilleures nouvelles du début du bulletin de dix-huit heures, une pétition circulait pour forcer la Fabrique à reporter l'Angélus du soir à dix-huit heures quinze.) Ces nouveaux gadgets remportaient un succès fou, malgré le fait que personne ne se parlait plus, trop occupé par les bruits de leur transistor.

Le progrès menait bon train!

Le seul point sur lequel il y avait mésentente, c'était par rapport à la manière de nommer les bandes. Certains pensaient qu'on devait dire FM; d'autres, MF.

— Les meilleures nouvelles passent au 427,1 FM.

— Moi, j'écoute la météo au 66,6 MF.

(Née d'une simple volonté d'utiliser la juste dénomination des ondes, cette question avait fini par faire des vagues. On s'astinait de plus en plus ferme entre auditeurs puis, bientôt, la chicane prit.)

Ça se passa chez le forgeron du village. À la boutique de Ti-Bust Riopel, reconnu pour ses dents en râteau, ses cheveux en broussaille, sa queue en tire-bouchon, mais, surtout, sa tête de pioche! Ah! N'importe qui vous l'aurait confirmé: le forgeron avait le pouce vert pour la chamaille. Il était de ce genre d'homme à vous faire pousser une plante de chicane avec un pépin de rien!

***

Un midi, donc, Onésime-Isaac Gélinas ressoud chez le forgeron. (Ésimésac Gélinas – j'allais oublier de vous le présenter! –, c'était l'homme fort de mon village: un colosse pesant aux alentours des huit cents livres de muscles – sans compter ni les os, ni la peau! –. Tellement grand, le bonhomme, qu'il devait acheter de la colonne vertébrale en rouleau de quinze pieds. Avec ça, attachés aux épaules, des bras qui traînaient à terre, puis des mains plus grandes que des rames. Un Hercule qui, malgré la taille de ses suyiers – il chaussait du dix-sept –, n'était pas du genre à se laisser marcher sur les pieds.)

Comme je le disais, donc, Ésimésac entra dans la boutique du forgeron. La radio crachait une bordée de neige.

— QU'EST-CE QUE TU DIS, ÉSIMÉSAC?

— C'EST POUR FAIRE RÉPARER MA CHAÎNE, que répondit le surhomme.

(Ce n'était pas une chaîne stéréo! Non! Plutôt une vieille chaîne à souquer les billots du moulin à scie. Dans une des mailles de l'outil se trouvait une coche, une entaille à rafistoler.)

— COMMENT T'AS FAIT POUR BRISER ÇA?

(Pour se nettoyer les dents, après chaque repas, Ésimésac se servait de sa chaîne comme d'un fil de soie dentaire. Il avait fait l'encoche comme ça, simplement, avec ses palettes.)

Ti-Bust commença donc, comme un seul homme, à faire un travail à la chaîne, à faire résonner l'enclume.

(*Bing! Bang!*)

À un moment donné, alors que le fer chauffait au rouge, le bonhomme Riopel se tourna vers Ésimésac.

— DIS-MOI DONC: AS-TU LA RADIO CHEZ VOUS?

— OUI! MA FEMME EST FOLLE DES MESSES. ELLE LES ÉCOUTE AU MF, que prononça Ésimésac.

(*MF!?!*)

Ti-Bust retint son soufflet.

(*MF?*)

Lui qui avait pris parti du côté des FM! Il n'allait pas se laisser insulter comme ça, à grands coups de MF.

— PARDON!

— ELLE EST FOLLE DES MESSES PUIS ELLE LES ÉCOUTE AU MF!

Le forgeron alla baisser le volume du pétillage pour que la conversation puisse se continuer en lettres minuscules.

— Écoute, Ésimésac! Je vas te demander de respecter mes opinions. Quand tu viens chez nous, tu parles comme moi!

Le cerveau de l'homme fort demandait plus d'explications.

— En bon français, tu vas me répéter la même phrase que tu viens de dire. En seulement, tu vas inverser le «M» puis le «F».

Ah! Ésimésac réfléchit, calcula. Ti-Bust attendait, attentif, d'entendre sa version corrigée. Plusieurs minutes de mijotage, de bouillonnement... Ésimésac jonglait, se concentrait, puis, finalement, il arriva à un résultat.

(Change le «M» et le «F» de place!)

Le colosse venait de tomber en beau maudit!

(?)

Dévisageant le forgeron, il se gonflait de colère, il devenait rouge comme le fer, encore sur le feu... Tremblant, il tira sa chaîne des braises. Les yeux comme des coups de poing, il enligna le forgeron puis retomba dans les majuscules colériques.

— TU ME VERRAS PUS LA FACE ICITTE, TI-BUST!

— VOYONS DONC?

***

(Afin de vous éclairer un peu sur les raisons qui poussèrent l'homme fort à la colère, je vous présente un résumé schématique des opérations mentales qui secouèrent le modeste bourgeon de ciboulot d'Ésimésac et l'amenèrent à prendre le mors aux dents.

1. Ésimésac avait dit :
   MA FEMME EST FOLLE DES MESSES, ELLE LES
   ÉCOUTE AU MF !
2. Ti-Bust, fâché d'entendre prononcer «MF», avait
   demandé à Ésimésac d'inverser le «M» et le «F».
   On aurait alors dû voir apparaître :
   MA FEMME EST **F**OLLE DES **M**ESSES, ELLE LES
   ÉCOUTE AU **FM** !
3. Toutefois, répétant sa phrase silencieusement, Ésimé-
   sac n'avait pas procédé à l'inversion au bon endroit.
   Il avait alors vu apparaître :
   MA FEMME EST **M**OLLE DES **F**ESSES, ELLE LES
   ÉCOUTE...

À la dernière étape de son raisonnement, Ésimésac avait conclu que la remarque de Ti-Bust était une attaque envers lui, envers sa femme et son derrière. De là, il s'était fâché. Reprenons donc le fil du récit...)

***

— VOYONS DONC ?

— TU ME VERRAS PUS LA FACE ICITTE. NI POUR MON CROCHET, NI POUR MON CANTOUQUE, NI POUR FERRER MON JOUAL...

— CHOQUE-TOI PAS !?!

— PUS JAMAIS, BUSTAVE RIOPEL !

— AH ! PIS VA DONC CHEZ LE YABLE, que finit par dire le forgeron, incapable de s'expliquer la réaction de son vieil ami.

Ésimésac sortit par la grande porte des jouaux, laissant Ti-Bust tout fin seul.

— QU'IL MANGE DE LA CHENOUTTE!

***

Les jours passèrent, devinrent des semaines, puis des mois qui s'enfilent. Dans le temps de le dire, l'été avait été et n'était plus.

Ésimésac tenait parole : à l'automne, il n'avait toujours pas remis les pieds chez Ti-Bust. Ni pour son cantouque ou son crochet, ni pour sa chaîne, ni pour son joual.

Ti-Bust n'avait encore rien compris des causes de l'emportement de l'homme fort. En silence, ne laissant voir de rien, il se demandait où c'est que son malentendu pouvait aller faire affaire pour ferrer son joual.

(Il se rendait-tu chez le maréchal-ferrant du village voisin ?)

En septembre, plus capable de se retenir le curieux plus longtemps, Ti-Bust questionna sa fille à propos d'Ésimésac. Juste pour savoir, comme ça…

— Lurette! Qu'est-ce qu'il fait pour le ferrage de son joual?

Lurette était bien au courant de la rupture entre son père et l'homme fort : tout le monde en parlait au village. En plus que ça se voyait bien qu'Ésimésac n'allait plus chez le forgeron. Lurette n'avait jamais rien dit, mais elle avait vu, pendant l'été, les fers s'user en-dessous des pattes de la monture d'Ésimésac.

— Vous le croirez pas, pôpa! Il a pas fait ferrer son joual depuis votre accrochage.

— Ça se peut pas, ma fille!

— Écoutez, pôpa…

Lurette expliqua à son père que l'étalon d'Ésimésac s'était tant tellement promené sans être chaussé comme du monde que les fers avaient fondu. Trotte, galope, puis use! Use, puis gruge les sabots! Trotte, galope encore, puis envoye par là, ralentis pas, que les pattes du joual, raccourcissaient, raccourcissaient, raccourcissaient, raccourcissaient, raccourcissaient, raccourcissaient.

Au début de l'automne, ce joual, autrefois solide et élancé, avait la bedaine qui traînait dans la garnotte des chemins. Il était devenu une apparence de joual-saucisse qui se tenait sur des mognons.

— C'est pas possible!

Comme de juste, à ce moment-là, un ti-galop parvint à l'oreille de Ti-Bust. Par la fenêtre, il le vit: un pauvre animal souffrant le martyre, le ventre en sang dans la poussière de la rue.

Ça ne fut pas long que les villageois se donnèrent le mot. Du jour au lendemain, le monde entier se tourna de contre Ti-Bust. Pour l'obliger à réparer ses torts, on ne lui parlait plus, on le boycottait. Jusqu'à la S.P.C.A. qui se fourra le nez là-dedans.

(C'est enfargeant quand on devient forgeron!)

Oui! Ti-Bust devait maintenant, sous la pression, racheter sa faute.

(Racheter?)

En fouillant dans le petit pot placé sur la tablette du haut de l'armoire, Ti-Bust rapailla pas loin de quinze piasses.

(De l'argent fait au noir de la suie de la forge!)

Cette journée-là, il se rendit chez Onésime-Isaac Gélinas pour se racheter.

À la maison arrivé, Ti-Bust pila sur son orgueil, comme on écrase une cigarette, puis s'avança vers la grande porte. Le forgeron frappa trois coups et attendit qu'on lui ouvre.

— Ah! Ti-Bust! Je voulais pas te voir!

— Écoute, Ésimésac. Je m'en viens te donner quinze piasses. Avec ça, tu t'achèteras un beau joual neuf, de l'année, puis on sera quittes.

— NON! Ce que je veux, c'est MON joual à MOI, que répondit Ésimésac.

— Dans ce cas-là, je vas garder le quinze piasses, puis je m'en vas aller te chercher une bête. J'ai vu un beau petit poulain de seconde main à vendre à Charette. Hey! Du beau bétail, hein? Peinturé en neuf, pas de millage…

— NON! Ce que je veux, c'est MON joual à MOI, que répéta Ésimésac.

— Correct, correct… Monte pas sur tes grands jouaux!

— Tu veux-tu rire de moi?

— ?

Le plan de Ti-Bust ne marchait pas comme prévu. Devant la porte qui manquait de collaboration, le forgeron ne savait plus comment s'y prendre. La fale basse, il replaça précautionneusement ses bidous au fond de sa poche, puis retourna chez lui.

***

En manque de pardon, de retour dans sa boutique, Ti-Bust s'assit dans sa berceuse.

(Besoin d'aide?)

Il fit son signe de croix, comme on signale un numéro sans frais. Une sonnerie céleste se fit entendre puis, bientôt, une voix d'échos d'en haut parvint à l'oreille du bonhomme.

— OUI… AALLLLÔÔÔÔÔÔ!

— Bonjour! C'est Ti-Bust, le forgeron de…

— NOUS NE SOMMES PAS DRING DE VOUS RECEVOIR MAIS DITES SEULEMENT UNE PAROLE ET NOUS VOUS RAPPELLE-RONS…

Ti-Bust raccrocha sec, découragé net. (Vous savez, quand le Bon Yeu lui-même n'est pas là pour nous prêter sa main forte, c'est assez pour jeter un homme à terre! Il n'y aurait qu'à demander à Adam!)

Quoi faire, alors? Ti-Bust s'alluma une pipée. Du tabac fort qu'il attisa avec un tison du feu de la forge. Tire et pompe que ses yeux se mirent à mirer le rouge des braises du foyer de son brûle-gueule. Plein de tristesse, il commença à entonner, comme un entonnoir, une vieille complainte qu'il avait apprise de son défunt père.

Satanisss sixxx sixxx sixxx
Pousse l'ananis sixxx sixxx sixxx
Et mouds le cafis sixxx sixxx sixxx…

(À ceux-là qui l'ignoreraient: cette comptine-là, c'est une incantation, un appel direct à la Bête, au Yable en personne, qui, justement…)

Sorti d'un petit nuage de boucane bleue qui laissait échapper une odeur d'allumette qu'on vient d'éteindre, le cornu mit le sabot sur le plancher de la boutique. Portant sa fourche à quatre branches dans la main gauche et griffue, il s'approcha du forgeron.

— Argghhh! Ti-Bust! J'attendais que tu m'appelles. J'ai ce qu'il faut pour toi…

Là, le Yable inspira profondément. Les poumons remplis, il se mit à souffler sur sa fourche à quatre branches. Souffle, souffle, puis pompe, de son haleine chaude d'enfer (Clorets n'en viendra jamais à bout!) que la fourche se mit à fondre.

Ti-Bust regardait ça, impressionné.

Souffle, souffle, puis encore, que le fer se liquéfiait dans des grandes gouttes gluantes. Ça coulait, cette fusion, ça profusait sur les mains du Yable. Ça s'étirait, ça dégoulinait puis, après quelques secondes, ça finit par faire... faire... (mon p'tit cheval !). Oui ! Là, devant le bonhomme Riopel : quatre beaux fers à talons hauts, en or, se tenant debout au milieu de la place.

— M'sieur le Yable ! Vous me sauveriez bien des angoisses en me vendant ces fers-là. Écoutez, je m'en vas vous donner quinze piasses pour....

— Non, Ti-Bust ! Argghhh ! Ce que je veux, c'est pas de l'argent.

Ti-Bust s'est redressé le corps, apeuré.

— Vous voulez pas mon âme, j'espère ?

— Non ! Ce que je veux, c'est que tu signes mon entente d'échange. Dans mon contrat, c'est écrit que je m'engage à te laisser les fers à talons hauts ! Ça te coûtera presquement rien...

Le Yable tira de sa poche un rouleau de papier illisible.

(On aurait dit une police d'assurance : times italique, 8 points.)

Ti-Bust, ne sachant ni lire, ni écrire, ni conter, se pencha sur le contrat. Il hésita un peu, fit semblant de lire puis, finalement, tout près du « X », il traça un « X ».

(Tic ! Tac ! Toe !)

***

À ce moment même où Ti-Bust signait le pacte, Lurette se blessa. En train de faire son lavage sur sa planche à laver, elle s'écorcha la main.

***

Le Yable roula son papier, rembarqua dans son nuage de boucane. Avant de partir pour de bon, il héla l'homme de fer une dernière fois.

— Arghhh! Ti-Bust! Il faut que je te dise. Sur l'entente que t'as signée, c'est marqué, à la clause trois, qu'en échange des fers, tu m'autorises à prendre possession de l'âme de ta fille le jour où elle se mariera... Ah! Ah! Argghhh!

(L'âme de Lurette?)

Le forgeron manqua de perdre connaissance. Il passa du rouge « rond-de-poêle-par-les-gros-frets » jusqu'au blanc « bol-de-toilette ».

(Maudite marde!)

Sa propre fille, la belle Lurette en or...

Le jour de son mariage...

Puis elle devait se fiancer bientôt...

***

Lurette courait vers la boutique. Elle ne rapportait pas son panier de linge lavé parce que ça hémorragissait trop. Elle venait de se faire une coupure profonde à la main.

Lurette rentra dans la forge au moment où le Yable partait. Elle ne vit rien. Elle sentit bien une odeur de chauffé, mais dans une forge où le feu est au centre de l'activité, c'est normal de sentir le brûlé.

Ti-Bust pansa sa fille. Il lui entortilla la main dans un bandage blanc pour lui faire une catin.

Quand il eut fini de penser, il fit promettre à sa fille qu'elle ne se marierait jamais sans sa permission.

— Je vous le promets, pôpa. Je vous écouterai toujours...

Le bonhomme Riopel se jura que jamais il n'accepterait de donner la main de sa fille en or en mariage.

— M'as-tu bien compris, Lurette. JAMAIS! Puis pose-moi pas de questions. Contente-toi de savoir que c'est pour ton bien. Tu te marieras pas. Ni avec Dièse, ni avec n'importe quel autre. M'entends-tu, ma fille?

Lurette brailla comme une crue du printemps. Triste, comme une danseuse en chaise roulante. Les perles de larmes roulaient entre les planches mal jointes du plancher.

— Vous pouvez pas faire ça, pôpa...

Ti-Bust le ferait, quand même que sa fille sécherait à force de chagrin. Pour sauver son âme, c'était le seul moyen! Puis Dièse devrait comprendre lui aussi.

— PAS DE MARIAGE!

***

Depuis ce jour-là, Lurette prit les couleurs de l'automne: encore dorée, pleine de vie puis de couleurs, mais toujours un peu triste pareil. Depuis ce jour-là, elle eut toujours une cicatrice à la main.

Ma grand-mère disait que quand on y mettait une aiguille de gramophone dans la paume pour entendre la musique, ça sautait, ça grichait comme une vieille radio.

L'ennuyance

Pis si je r'viens jamais,
vous saurez toujours ben que chus pas d'la race
des ceuses qui plient,
vieux tabarnac de bœu!
Pierre Chatillon

Ma grand-mère disait que l'histoire s'est passée dans le temps où c'est que les chansons appartenaient à tout le monde.

«Tout le monde pouvait chanter. C'était une poésie simple, quotidienne, accessible. Aujourd'hui, c'est rendu que les tounes sont dans la main des doigts d'auteurs. On aurait dû être plus prévenant, aussi, puis faire congeler quelques-unes des mélodies d'autrefois. Ça nous remettrait les oreilles devant les trous de récouter l'air du temps, ti-gars. Si la musique est une fleur de bruit, laisse-moi te dire que, de nos jours, il y en a une maudite gang qui engraisse les mauvaises herbes.»

Ma grand-mère disait que ça se passait dans le temps où tous les gens de bonne violonté pouvaient chanter sans se chromatiser.

***

La dernière fois qu'ils se sont vus, les deux jeunes amourachés devenus hors-la-loi, c'était proche de la rivière. Lurette pleurait sur la rive quand Dièse eut soif. Il s'en venait boire au courant puis, voyant les larmes de sa belle, il en avait profité pour se réfugier dans ses grands yeux de lune, puis s'abreuver d'étoiles.

C'est là qu'elle lui avait appris la nouvelle.

(*M'as-tu bien compris, Lurette. JAMAIS! Puis pose-moi pas de questions. Contente-toi de savoir que c'est pour ton bien. Tu te marieras pas. Ni avec Dièse, ni avec n'importe quel autre. M'entends-tu, ma fille?*)

Tous les projets d'avenir s'étaient effoirés en-dessous du poids d'une petite phrase! Simplement, de même, un père s'était permis de piler sur un rêve qui s'enlignait pour pousser jusqu'au ciel.

— Il va finir par changer son capot de bord, que dit Dièse.

Non! Lurette l'avait entendu dans la voix de son père. Ça avait été comme une promesse: une promesse à l'envers dont on ne pourrait jamais défaire le nœud. Un jugement sans appel.

(*M'as-tu bien compris, Lurette. JAMAIS!*)

Ti-Bust n'entendrait pas raison.

— Si on peut pas avoir espérance de se marier, Lurette, moi je vas sacrer mon camp d'icitte, que décida Dièse. Quand on aime trop le dessert puis qu'on est forcé au régime, ça vaut mieux de se clairer de la table après le repas…

… puis patati, puis patata, puis par là, Dièse partit. Il prit ses criques et ses croques, puis:

— Que le grand Clique me claque, moi, je déguerpis!

Comme une mer en mal de source, il déserta.

Avant de disparaître, pourtant, il prit soin de coller un bec sur la joue de Lurette en lui demandant que personne d'autre ne l'embrasse là avant qu'il soit revenu. Ce fut tout! Le nez dans la poudre d'escampette, il prit le chemin au pas de course.

Au moment où ça se passait, il y avait une guerre qui se brassait dans un autre pays. Au village, ça se sut tout de suite que Dièse avait levé le flaille. Vous vous doutez bien que les rumeurs se jetèrent sur l'appât. Les cancans en vinrent vite à dire que le jeune promis, compromis, avait été enrôlé de force pour la guerre.

— Conscrit pour les circoncis! marmonnaient les vieilles langues.

(On le sait bien : la chicane des grands qui meurent de guerre est bien plus forte que la tendresse des petits qui vivent d'amour.)

Lurette avait pogné le virus de la pleurésie. (L'histoire commençait à prendre le ton d'une Tristesse et Iseult.) La belle se faisait du chagrin puis elle retenait son souffle en espérant le retour de son amoureux.

— S'il fallait qu'il meure, qu'il m'oublie, qu'il se fasse voler…

Les orteils à l'eau, elle braillait un peu chaque jour. Nourrissant la rivière de ses perles d'yeux, elle semait des œufs dans le ciel pour faire pousser des oiseaux de malheur.

Pensez donc! À l'idée que son père lui scrapait l'avenir, la Lurette aurait pu se mettre à le bouder. Mais non! Elle demeurait assez sage pour garder ses forces à espérer.

Elle s'ennuyait donc, chantonnant le petit air languissant qui faisait autrefois danser l'aiguille du gramophone dans sa paume. Comme un psaume, comme une prière lancée au Jésus Triste, elle rêvait de revoir son amoureux au plus sacrant.

***

(Cette chanson d'hier, cet air d'antan, c'est un rossignol qui l'entendit et qui la chante encore, dans mon village. Ma grand-mère m'a donné les mots qui allaient sur la mélodie.)

Dans l'coeur de mon village, écoutez, j'vous en prie
Y a la rivière qui chante, et le jour, et la nuit
M'entends-tu, galant, c'est ta belle qui t'écrit (bis)
Elle chante pour les belles qui n'ont pas de mari
Pis pour la belle Lurette qui est là, qui s'ennuie
M'entends-tu, galant, c'est ta belle qui te crie (bis)
Son amoureux est loin, c'est la guerre qui l'a pris?
Si vous l'amenez aux cieux, Bon Yeu, j'irai aussi
M'entends-tu, galant, à travers les coups de fusil (bis)
Si vous me l'ramenez, c'est pas moi qui choisis
Je tourmenterai mon père, je me ferai sa mie
M'entends-tu, galant, c'est ta belle qui s'ennuie (bis)
Bon Yeu, faites donc qu'y revienne, qu'y soye toujours en vie
Y est même pas sûr qu'je l'aime, trop vite, y'est parti.
M'entends-tu, galant?

***

La vie reprit son cours. La belle Lurette tenait son bout d'espérance, parfois sur le bord de lui glisser des doigts. Elle attendait patiemment le retour incertain de son homme.

Dièse avait décampé pour endormir sa peine. Ma grand-mère disait pourtant que l'amour est un lit où on ne s'endort pas facilement.

Le bonbon du mensonge

*C'est en quelque sorte un modèle de héros national
que les conteurs québécois projettent, sciemment ou à leur insu,
sous la figure de Ti-Jean, dans leurs histoires traditionnelles.*
Clément Légaré

Ma grand-mère disait que l'histoire s'est passée dans l'antan où
c'est qu'il y avait une vérité.

«Aujourd'hui, on se croirait en plein concours du plus gros
mensonge. On est moins souvent cru que cuit. Oui! C'est l'intention
qui compte, qu'on se dit, puis on avale toutes les tromperies qu'on
nous sert. La vérité est en extinction de voix, ti-gars. Depuis qu'on a
trouvé le tour de mentir, c'est rendu qu'on s'invente une menterie
pour chaque vérité qui fait pas notre affaire.»

Ma grand-mère disait que ça se passait dans le temps où c'est qu'il
y avait une vérité. Une vraie.

***

Quelque temps après que Dièse eut pris le bord, les petits jars,
au su de la nouvelle, se mirent à reluquer la belle Lurette. Ça faisait
la file : des jeunes hommes venus des quatre coins de la rose des
vents, pour conter fleurette à la fille en or. Elle était redevenue la
coqueluche du village. (Je ne vous cacherai pas que par certains
dimanches ensoleillés, la lignée de prétendants pouvait s'étendre

sur la rue principale au complet : un mille de long. On en voyait des grands, des petits, des beaux puis des laids, des frisés puis des chauves…)

Les farauds retontissaient de partout pour s'essayer à décrocher la main de cette belle créature. Ils arrivaient la tête haute, sourire aux lèvres, puis repartaient tous déçus. Pourquoi ? Parce que la Lurette les revirait l'un après l'autre. Demande par-dessus demande, la réponse restait toujours la même. (Au grand plaisir du forgeron, d'ailleurs, qui se jurait bien d'intervenir en cas d'urgence.)

— Non, qu'elle soupirait, je peux pas !

Elle s'entêtait, la belle, un peu à cause de l'avertissement de son père, pour sûr, mais surtout par amour pour Dièse.

***

(Bien sûr ! Vous comprendrez que quand on a été forgé dans un lingot d'or, on se laisse conduire par un cœur d'or, hein ? Puis qui dit « cœur d'or », dit « honnêteté ». C'est en plein ça ! C'était plus fort que son vouloir : Lurette était condamnée à dire le vrai. La Vérité pure et drette ! (Comme celle que je me force à vous écrire !) Elle ne pouvait pas mentir, ni à elle-même, ni aux autres. Comme elle aimait Dièse, donc, elle disait « non » à toutes les autres demandes. Elle gardait son amour pour lui, son dompteur de rêves et d'histoires magiques, le seul qu'elle pourrait jamais aimer.)

***

Quand même que Lurette reculait les avances de tous les garçons, il s'en trouvait quelques-uns qui s'entêtaient, qui ne démordaient pas. Parmi ceux-là, le plus régulier portait le nom de Ti-Jean.

(On le sait : dans les contes, les Ti-Jean couraillent toujours après les princesses.)

Ti-Jean ne manquait pas, chaque dimanche que le Bon Yeu amenait, midi pile, de faire un détour chez les Riopel pour demander la Lurette en mariage. Puis on avait beau lui répéter que Lurette gardait son cœur pour Dièse, il n'entendait rien. Il cognait à la porte, rentrait puis répétait son texte hebdomadaire :

— Ouain ! Il a fait beau cette semaine, hein ? qu'il disait.

— Oui !

— Me prendrais-tu en mariage, belle Lurette ?

— Non !

Seulement que ça ! (C'est peu, me direz-vous, mais c'est quand même en masse pour devenir étrivant à l'usure.)

Dans sa sagesse, la belle fille l'endurait. Ce n'est pas parce que ça ne l'énervait pas, mais c'était son principe d'honnêteté qui l'empêchait de s'en débarrasser. Prise avec son cœur d'or, elle ne pouvait même pas inventer un minuscule mensonge pour acheter la paix !

***

Un jour, il fallut bien qu'il arriva quelque chose. C'était trop tiguidou pour durer. Éternité, éternuement : il advint que madame Riopel, la femme de Ti-Bust, défuntisa. D'un coup, passant de simple « ma'me Riopel » à « feue ma'me Riopel », sans flamme, ni étincelle. Elle expira d'un soufre.

La famille et les voisins montrèrent autant de surprenance que de peine. (On savait bien qu'elle couvait une maladie, la bonne femme, mais pas de là à mourir si vite…)

Toujours est-il que, le doigt dans le deuil, Ti-Bust puis Lurette commencèrent à préparer les cérémonies de mort habituelles : la veillée au corps, le service, l'enterrement, etc. Ils voulaient quelque chose de majestueux pour cette habitante qu'ils avaient tant aimée. Ils organisaient en grand (comme on aurait fait pour une épluchette de blé d'Inde), sans rien laisser à l'imprévisionnement. À part de ça que tout le monde était de leurs dires : madame Riopel méritait bien ça.

Comme on souhaitait un «Au revoir» digne (et dong!), ça prenait un glas mémorable. On voulait une volée de cloches inoubliable. Le curé informa donc les Riopel de ses tarifs :

— Ça coûte dix piasses pour faire branler une cloche; vingt piasses pour deux, pis trente pour trois. En argent sonnant!

(Trente piasses! Y pensez-vous? Trente piasses, dans ce temps-là, c'était un gros lot, une fortune. Le forgeron, lui qui grattait le fond de sa poche à l'année longue, il ne possédait pas l'argent pour payer ça!)

Ils essayèrent de barguiner avec le curé.

(Baisser le prix? Faire plusieurs versements?)

— Non! NON!

Le curé suivait les ordres du Vatican au pied du chiffre. Ces montants-là, c'étaient des taux fixes, fixés tôt, puis ça venait avec le forfait global. On ne pouvait pas jouer avec ça.

Le temps trépassa en marchandages, amenant Ti-Bust jusqu'à pogner les nerfs; la dépouille jusqu'à pogner les vers. À un moment donné, Lurette s'emporta :

— Je m'en vas aller quêter, s'il faut, mais je vas trouver l'argent pour faire branler les trois cloches!

Là, en larmes, reniflant comme une Madeleine enrhumée, elle sortit du presbytère. Elle enfila le chemin Saint-Louis, décidée à demander charité à toutes les portes.

Marche, marche, marche, puis les larmes mouillaient leurs traces dans la garnotte poussiéreuse du chemin. Elle allait commencer par le fond du rang pour ensuite revenir sur ses pas, en s'arrêtant partout...

Parvenue au bout de sa route, la première place où elle arrêta, ça fut chez la Sauvagesse, sa marraine sorcière.

La vieille était en train de se bercer, sur la devanture de sa cabane ridée, quand elle vit monter sa filleule en pleurs. Au su de ce qui se passait au village pour l'histoire du trente piasses, elle enleva son long doigt croche de dedans son nez (source intarissable d'ingrédients pour les potions magiques!) puis elle accueillit la Lurette dans ses bras de squelette. Elle la serra fort, comme on retord une guenille, pour en faire sortir toutes les larmes. Elle la serra, que je dirais, avec de la comprenure dans les sentiments (comme le ferait une mère pour sa propre fille).

— Pleure pas, Lurette... Je le sais ce qui se passe... Je m'en vas t'aider...

— C'est pour ma mère...

Là, elle fit entrer Lurette dans sa cabane. (Elle n'avait pas une maudite cenne, mais elle prétendait avoir quelque chose de mieux que ça.) Sur la table de la cuisine, traînait un petit pot fermé avec un couvert. La vieille ouvrit le contenant pour laisser voir à sa visiteuse ce qui s'y trouvait.

Des bonbons!?! Tous collés ensemble dans une motte.

(Vous savez, cette sorte de nananes-là qu'on trouve chez les grands-mères? Des sucreries qui se côtoient depuis tellement d'éternités qu'elles finissent par se figer en tapon!)

— Ça, Lurette, c'est des bonbons à la MENTE...

— Ah! Non, laissez faire, marraine.

— Écoute-moi, ma fille! C'est des clandailles à la *mente*. Pas à la menthe qui goûte la menthe, mais à la *mente* qui goûte la menterie. Avec un bonbon de même, ma belle, tu sauras te sortir de n'importe quel pétrin. Tu sauras trouver le mensonge qu'il faut. Prends-en un!

Lurette prit un bonbon entre ses petits doigts fins comme de la paille, l'arracha de la grappe puis se le planta dans une joue.

— Merci bien!

***

Quelques minutes seulement, puis, suçant sa papermanne, la Lurette s'en retournait vers le village pour rejoindre son père au presbytère. Chemin faisant, elle passa devant chez Ti-Jean, l'aspirant assidu, puis décida de s'arrêter là.

Ti-Jean vint ouvrir, souriant de bonheur:

— Ah! Ma belle Lurette! Mes empathies pour ta mère, tu sais…

— Ti-Jean, écoute-moi bien! J'ai un marché à te faire. Si tu payes pour le service à ma mère, je m'en vas te marier le lendemain de son enterrement…

— …

— M'as-tu entendue, Ti-Jean? Le lendemain!

— Tu dis vrai? Tu me mentirais pas, toi!

Devant le train du bonheur qui passait sans crier « *Gare!*», Ti-Jean se jeta sur les rails. Enfin, sa chance! Il pêcha quarante-cinq piasses du fond de ses poches et les tendit à Lurette.

(Quarante-cinq piasses en beaux bidous!)

***

Pas besoin de vous le dire: tout fut réglé vitement. Avec la cagnotte, le curé fit même poser une quatrième cloche à l'église. Au service, ça résonna à en fendre les oreilles les plus chastes. On avait loué un orchestre puis acheté des sandwichs pour la réception qui suivait le service. Les funérailles de la bonne femme Riopel, ça aura été du jamais vu! Ça fêta quasiment comme dans une noce! Du plaisir puis de l'agrément: tout le monde en eut plein la vie!

***

— In ominé pâtri ête fili ispiritousse santi…

Le lendemain de l'enterrement, à la première heure, tout fut prêt pour le mariage. Tel qu'entendu, Lurette et Ti-Jean allaient se présenter devant le curé.

La brosse funéraire de la veille planait encore sur les paroissiens. Le bedeau, avec des bribes de chansons grivoises qui lui revenaient en mémoire, les servants de messe, avec les temples qui élançaient, puis la chorale, avec un mal de chœur. Puis même si la nef manquait de nerf, toute l'équipe était au poste.

Lurette, qui avait pris soin de tout expliquer à son père, arrêta de téter son bonbon à la mente juste avant de pénétrer dans l'église. Elle se le colla en-dessous du talon, au cas où.

La célébration s'ouvrit donc en musique, puis, sur les dernières fausses notes d'une soliste encore pompette, Lurette s'avança dans l'allée, au bras du Gros-Jean comme devant. Les yeux, dans la graisse de bines, suivaient les futurs époux. L'orgue manquait de souffle et faisait boiter la marche nuptiale. Les presque-promis s'avancèrent tranquillement à la hauteur de l'autel.

Devant la foule éméchée, le curé décida, les yeux fermés, d'aller direct à l'essentiel (qui, on le sait, est invisible pour les yeux).

— Ti-Jean, acceptez-vous de prendre Lucienne Riopel, ici présente, comme épouse, pour le meilleur et pour le pire, tu prends le pire, elle garde le meilleur? Ou l'inverse?

— C'est sûr, m'sieur le curé, que répondit Ti-Jean, puis dans n'importe quel sens, à part de ça!

— Et vous, Lurette, est-ce que le cœur d'or vous en dit?

— …

Un silence lourd pesait dans la place. Le village en entier était suspendu aux lèvres de Lurette (tout le monde souhaitait que Lurette dise «Non!». Pour que la légende puisse continuer, il valait mieux que la belle attende encore Dièse en se morfondant! (Le sadisme des gens, des fois!)) Ti-Bust ne grouillait pas, lui non plus. Il resuait, à force que l'angoisse le travaillait. S'il fallait qu'elle s'échappe... Le Yable...

— Acceptez-vous, Lurette?

— …

Comme elle ne suçait plus le bonbon, la voix de son cœur d'or avait repris le dessus. Lurette ne pouvait plus mentir.

— J'accepte pas... Non! Je peux pas, m'sieur le curé...

(QUOI?)

C'est à ce moment-là que Ti-Jean s'emporta!

D'un coup!

Choqué noir!

(La colère noire dans une église blanche, laissez-moi vous dire que ça contrastait. Tellement noire que les murs de l'église ont jauni.)

— LURETTE! J'AI TOUJOUS EU CONFIANCE EN TOI! JE ME FIAIS SUR TA PAROLE COMME SUR LA MÉTÉO. LÀ, TU VIENS DE TOUT BRISER. JE TE JURE QUE JE ME LAISSERAI PAS FAÎRE.

Ti-Jean criait, sacrait, les pattes dans les airs. Ça résonnait jusque dans le jubé. Lurette sentait les remords lui mordre les tripes.

(Maudit mensonge!)

Le coup de grâce fut porté quand Ti-Jean dit:

— S'IL LE FAUT, LURETTE, JE M'EN VAS DÉTERRER TA MÈRE!

(Sacrilège! Il ne faut pas dire ça dans une église!)

Le curé explosa:

— FERMEZ-LA!

Le silence revint...

À ce moment-là, Lurette décolla la papermanne de sa semelle. Elle l'essuya un peu, puis elle expliqua l'affaire à Ti-Jean.

— Si j'ai pu te mentir, Ti-Jean, c'est à cause de ce nananne-là: le bonbon du mensonge...

À ce moment-là (je ne sais pas si c'est à cause du reflet des cierges dans le bonbon ou d'une bonne idée qui passa par la tête à Ti-Jean), les yeux du soupirant brillèrent d'une drôle de luminance.

— Lurette! Donne-moi le bonbon. En échange, je m'en vas laisser ta mère dormir tranquille. C'est-tu correct?

Lurette fut d'accord. Elle planta sa mente dans la joue de Ti-Jean qui, comme s'il ne s'était rien passé, partit en sifflotant.

***

Ti-Jean fit ses valises. Il déménagea en ville.

***

Les nouvelles qu'on eut, quelque temps après, c'est que grâce au bonbon du mensonge, Ti-Jean était devenu vendeur d'assurances. Ses affaires marchaient! En seulement, vu qu'il fonctionnait au jus de menterie, ça ne fut pas long qu'on le traîna en justice.

Ti-Jean s'improvisa alors avocat. Il s'avança devant les tribunaux, le bonbon dans la joue. À ce qu'on sut, il gagnait toutes ses causes. Dans les bureaux du barreau, pour Ti-Jean, ça allait comme sur des rouleuses. Il fumait des cigares avec les plus hauts-placés. Tranquillement, sa place se tailla dans un fauteuil capitonné, confortable. Bientôt, ses collègues surent (pour l'histoire qu'il avait payé les funérailles de la voisine), puis se mirent à le surnommer « *Le Chrétien* ». Juste pour rire, pour se moquer.

(Hey! Ti-Jean Le Chrétien...)

Ma grand-mère m'a dit qu'on ne sait pas trop où c'est qu'il est rendu, aujourd'hui, avec son bonbon du mensonge.

(Ô Canada, terre de nos aïeux!)

Ma grand-mère m'a dit que la dernière fois qu'on l'a vu, il avait la bouche croche d'avoir trop tété.

Madame Riopel sort de sa tombe

Qu'est-ce qu'il ferait de toi?
Le paradis est plein de vieilles femmes,
au lieu qu'icitte nous n'en avons qu'une
et elle peut encore rendre service, des fois...
Louis Hémon

Ma grand-mère disait que l'histoire s'est passée dans le temps où c'est que tous les villages avaient leur fou.

«Des personnages étranges, entourés de mystère. Des fous de qui on riait pour éviter d'en avoir peur. Oui! Des fous alliés, à lier, de la race de ceux qu'on aime craindre et qu'on craint d'aimer. Dans tous les villages! On dit même que si t'avais pas ton fou, tu pouvais demander une subvention au gouvernement pour en engager un.»

Ma grand-mère disait que ça se passait à l'époque où toutes les différences n'étaient pas nécessairement des vices.

***

Parmi les spécimens du patelin, malgré l'époque du noir et blanc, on comptait plusieurs personnages hauts en couleur: un forgeron (qu'on connaît déjà!), un marchand général très particulier, un boulanger pour un petit pain, un barbier aux cheveux sur la soupe, un vendeur de tissus à la verge, puis encore... Chacun prenait la partie du travail qui lui revenait et la survie de tous s'en voyait bien portante.

— Un jour, on mettra du labeur sur notre pain!

Dans mon village, pas pire qu'ailleurs, on avait aussi notre fou. Babine, qu'il s'appelait. Fils unique de la Sauvagesse, notre élu à la folie passait ses journées à arpenter les rues du village, à la recherche de quelque besogne. Comme il errait sous la main, les habitants avaient vite compris qu'on pouvait en profiter. Oui! En homme de cœur, pour le plaisir de rendre service, Babine s'était bien vite ramassé avec les pires jobines.

(Trop fatigant?)

C'est lui qui livrait les sacs d'épicerie avec sa brouette, puis qui pelletait la neige au printemps, quand elle est chargée d'eau...

(Trop salissant?)

C'est lui qui ramonait les cheminées puis qui vidait les bécosses trop chargées à la pelle ronde...

Avec le temps, Babine était devenu un outil auquel tout le monde s'était habitué, sur lequel chacun se fiait.

***

Chhhhhus pas ben... Mmmaudit qu'chhus pas ben...

Le lendemain de l'enterrement de la bonne femme Riopel, à la brunante, on entendit une plainte dans le vent du soir.

(Qu'est-ce que c'est ça?)

Chhhhhus pas ben... Mmmaudit qu'chhus pas ben...

On aurait dit la voix d'un fantôme... La voix de la Riopel!

(Ça doit être la faute à Babine, encore!)

***

Pour creuser le trou de la défunte Riopel, on avait fait appel aux services de Babine. Comme fossoyeux, notre fou n'était pas battu. En fait, il creusait si bien que son nom réputait à travers le canton pour les ouvrages de trous. (Il y a des propriétaires de terrains de golf qui lui offraient la lune pour un dix-huit). Des fois, c'était jusque marqué dans les testaments, en lettres carrées: «JE VEUX QUE BABINE CREUSE MON DERNIER LIT.» Ce n'est pas mêlant, à voir ses trous, ça donnait presquement le goût de mourir tout de suite.

Encore une fois, pour la mère de Lurette comme pour les autres, Babine n'avait pas manqué son coup.

***

Chhhhhus pas ben... Mmmaudit qu'chhus pas ben...

Depuis quelques jours, la voix hurlait dans le vent du soir. Les gens du village commençaient à s'inquiéter.

***

Après le service de feue madame Riopel, Babine était resté dans le cimetière. Il avait regardé la famille brailler un dernier coup, puis écouté le curé qui chantait une couple de prières d'accompagnement.

— Ainsi soit-il!

Puis tout le monde s'était dirigé à la réception.

La compagnie partie, ne restait plus que les charrieux de tombes, les hommes noirs, habillés en long, qui ont l'air des ombres. Babine attendait encore. Il attendait son tour. Il voulait enterrer tout de suite, une fois le coffre dans le trou.

Tout allait tiguidou jusqu'au moment où il fallut installer le cercueil dans la fosse. C'est là que l'histoire bascula. (Vous savez, dans l'ancien temps, il n'y avait pas de système de strappes mécaniques comme aujourd'hui, avec des poulies puis des manivelles pour descendre les boîtes. Non! Dans ce temps-là, les charrieux de tombes procédaient à force de bras. (Service beaucoup plus personnalisé!) Ils descendaient le gréement à la mitaine, comme pour porter le dernier sommeil dans une étreinte.)

Madame Riopel étant baquèse, ça fut lourd pour les bras quand on barouetta le coffre au-dessus de la fosse. Les charrieux, bien vite, en vinrent au bout de leurs forces puis...

— Oups!

Ils échappèrent la boîte au fond du trou.

N'ayant pas lâché tous en même temps, le cercueil ne descendit pas en ligne drette. Tout ça vira mal! Plus que ça: ça vira de bord, d'un coup. Déviraille à l'envice-versa, puis le couvert s'ouvrit. Dans la chute, la corpulence de la morte eut le temps de sortir de son cercueil puis se retrouva à pleine face dans le sable, les dents dans la poussière de son trou.

Babine avait entraperçu tout ça, lui.

Les charrieux de tombes laissèrent voir de faire semblant d'avoir l'air de ne rien avoir vu pantoute. (Il faut comprendre que t'as beau être charrieux, il n'y a personne qui souhaite mettre les pieds dans un trou de mort pour zigonner après un cadavre!) Ça fait que les sombres porteux quittèrent les lieux en se frottant les mains, en laissant Babine s'arranger tout seul. Lui, pas fin-fin, dans sa cellule de cerveau qui clignotait, il pensait que c'était correct de même.

Empogne la pelle, puis envoye par là, Babine remit toute la terre avec le gazon roulé par là-dessus. Plus rien qui paraissait!

L'affaire était bâclée, qu'il s'imaginait. Il était loin de se douter qu'on ne part pas de même pour l'Éternel...

***

Chhhhhus pas ben… Mmmaudit qu'chhus pas ben…

Depuis l'enterrement, chaque brise de crépuscule amenait la voix de la défunte aux oreilles du village. Curieux, les gens se questionnaient pour savoir le tréfonds du problème.

***

Rien n'était clair, jusqu'à ce que Babine s'ouvre la trappe.

— Ma'me Riopel sortie de la tombe…

D'un coup, la peur prit le monde au cou.

***

Chhhhhus pas ben… Mmmaudit qu'chhus pas ben…

Ça ne prit pas le temps d'un *atchoum!* pour que les habitants partent en peur!

— La Riopel est sortie de sa tombe?!!

Ça dormait rien que sur un œil.

La frousse coupait les nuits courtes.

Les villageois étaient hantés par le fantôme de la Riopel!

— Une revenante!

Puis quand même on ne la voyait pas, c'était bien assez de l'entendre.

Le consternage frappait Saint-Élie comme jamais : un fantôme!

(C'était-y à cause de l'affaire des menteries puis du nananne, à cause des funérailles dansantes?)

— Qu'est-ce qu'on va faire pour qu'elle ferme sa boîte?

***

Devant leur impuissance à faire taire le vent, les paroissiens finirent par se rassembler au presbytère. Pour forcer le curé à réagir. (Après tout, c'est à lui que ça revenait de sauver la brise parlante. C'est lui qui se ventait de jaser avec le Bon Yeu!)

— Sauvez ma femme, m'sieur le curé! que demanda Ti-Bust.

— Pour une foi, trompez-vous pas, que marmonna Ésimésac.

— Une foi n'est pas coutume! que répliqua Ti-Jack Prévert.

Chasser une revenante! Le curé ne savait pas comment s'y prendre. Dépourvu.

***

Chhhhhus pas ben... Mmmaudit qu'chhus pas ben...

... avec la brunante qui ne slaquait pas...

***

Comme le curé ne trouvait pas le moyen de calmer l'entre-chien-et-loup, il mijota une idée malsainte pour se sauver la face.

(Il n'avait pas toujours l'esprit sain, notre curé.)

— Il faut frapper sur le plus vulnéreux, qu'il pensa.

À la messe du dimanche, dans sa robe à manches longues, monsieur le curé lança son venin.

— Il y a un coupable parmi nous, chers paroissiens!

Hein? Un coupable...

Lentement, pour faire durer le suspense (comme s'il savait que ça allait devenir une histoire, qu'il fallait que ce moment-là s'étire pour faire saliver ceux qui écouteraient), il s'allongea le bras. Au bout de son geste, il s'ouvrit la main, se referma quatre doigts, puis garda son index pointé vers la salle.

(Un doigt béni qui pointe, ça fait tourner des têtes!)

— Babine?

Des gros yeux enlignèrent Babine. Le fou pâlissait.

Pour se défendre, devant l'accusement au pied du mur, Babine bégaya un brin:

— C'est vrai... un peu ma faute...

Ah! Saisissant l'occasion, le curé en profita pour jouer dans le bobo.

— Qu'est-ce qu'on va faire, à cette heure, pour fermer la gueule à l'au-delà?

— Déterrer, que murmura Babine, au bord des larmes.

Puis, pour l'achever. Net. Fret. Sec.

— C'est ça, que le curé dit, vous voyez? Il veut profaner la tombe de ma'me Riopel. C'est un démon! C'est lui le coupable. Le fils de la sorcière…

On n'entendit pas la fin parce que le troupeau se leva. Avec Ti-Bust en tête de clan, ils chassèrent Babine, coururent après lui pour le faire déguerpir de l'église au plus coupant.

***

Chhhhhus pas ben… Mmmaudit qu'chhus pas ben…

La plainte continuait de gémir, de par les soirs. En seulement, avec quelqu'un sur qui fesser, ça dérangeait moins.

Babine ne venait presquement plus au village.

De rumeurs en placotages, puis de langues sales en mauvaises intentions, à force de se crinquer, la paroisse en vint même à se mettre d'accord pour punir Babine.

— C'est un homme dangereux!

— Il porte attente au repos éternel!

Puis, de fil en aiguille:

— À la peine décapitale!

Le monde se mit d'accord sur la mort du fou. On allait le pendre.

Le curé écrit à Rome pour demander concile.

> *Dans mon village, il y a belle lurette...*
> *Cher pape,*
> *J'aurais bien de besoin d'avoir une autorisation de*
> *pendage.*
> *Signé: Curé XXX*
>
> *P.-S.: Auriez-vous l'obligeance de m'envoyer les plans de*
> *construction d'une potence?*

Ça ne prit pas le délai d'une lettre recommandée que le pape répondait à son suppôt. En annexe, dans l'enveloppe brune, se trouvaient les dessins demandés.

***

Chhhhhus pas ben... Mmmaudit qu'chhus pas ben...

La revenante ne lâchait pas de réclamer le repos dans le couchant. Patience! On allait procéder à l'exécution finale pour endormir tout ça.

***

Le jour de la pendaison, une petite corde de balles de foin se balancignait au bout de la poutre. Sur la tête à Babine, faute de cagoule, on avait enfilé une paire de caleçons. (Ça ajoutait à l'effet tragique!)

Tout le village était attroupé dans la cour de l'église pour assister au spectacle! On s'attendait à un bon show. Tout un événement! (En plus, il faut savoir que, dans le temps, c'est à peu près tout ce qui se faisait en frais de prestation culturelle dans le milieu rural.)

La foule était nombrable.

Le public criait puis tapait des mains.

Tout le monde était heureux, sauf Lurette. Avant de le pendre, Lurette pensait qu'il vaudrait mieux d'aller jeter un coup d'œil, creuser pour voir. On ne sait jamais!

— Vas-y toute seule! Nous autres, on veut pas manquer le dénouement.

Pendant que les dernières minutes s'écoulaient, que des hommes faisaient un nœud solide dans la corde, que Babine suait à grosses gouttes avec ses bobettes sur la tête, le curé faisait le sermon des pendus. Le fou se laissait mener, docile. Il espérait en vain, comme un serrurier, une clé des champs, une clé de l'énigme, ou seulement une clé mence.

***

Lurette, elle, rendue dans le cimetière avec une pelle, elle creusait déjà depuis quelques minutes. Creuser jusqu'au fond. Au fond des choses. Elle voulait voir...

***

— Que la justice soit fête, cria Ti-Jack Prévert.

Et le curé lança le décompte final.

— Une fois...

***

Lurette, de son bord, elle continuait de renfoncer.

***

— Deux fois...

***

Tout d'un coup, elle frappa du dur au fond du trou. C'était la boîte. Le dos de la boîte. La boîte à l'envers.

Elle comprit tout.

***

— Trois fois…

***

La belle Lurette s'en revenait vers l'ameute en courant.

***

— Pendu!

Le curé envoya un bon coup de pied sur la chaise qui tenait Babine.

***

— Attendez! Menute! criait Lurette.

— CHHHUTT! qu'ils lâchèrent tous, dans un ton de salle de cinéma.

***

Chhhhhus correct… Mmmaudit qu'chhus ben…

C'est la dernière affaire qu'on entendit dire par la voix de la défunte femme de Ti-Bust Riopel.

***

L'attroupement emboîta le pas à Lurette jusqu'au cimetière.

Ils comprirent tous.

Le corps reprit sa place dans sa boîte, puis personne n'en a plus jamais reparlé. On faisait voir de rien, trop orgueilleux d'avouer la faute.

***

Babine fut sauvé de peu. Par chance que la corde cassa.

Dans les jours qui suivirent, on dut trouver quelqu'un pour défaire l'installation qui traînait dans la cour de l'église. Les habitants étant occupés ailleurs, c'est Babine qui pogna le contrat de décons-truction. Dans la démolition des stands de pendaison, il n'était pas battu dans tout le canton.

À la messe du dimanche suivant, le fou était aux premiers bancs. Il se leva, juste avant la communion, pour se mettre à rire tout haut. D'un rire qui venait du cœur. D'un rire qui était celui d'un homme trop triste pour pleurer.

On le jeta à la porte de l'église.

Ma grand-mère disait que Babine n'était pas humainement parfait, mais parfaitement humain. C'est pour ça qu'on lui lançait toujours la première pierre.

La mémoire

On oublie seulement qu'on se souvient.
Bertrand Bergeron

Qui abus boira.
Molson

Ma grand-mère disait que l'histoire s'est passée dans le temps où on se souvenait.

« Dans le temps, même les blancs de mémoire étaient en couleur. Ça a bien changé! Aujourd'hui, les gens sont oublieux. Le passé disparaît à mesure que le présent se déroule. On cueille l'instant avant qu'il soit mûr, puis on pile sur les tiges de la tradition. C'est rendu qu'on coupe même les racines qui nous retiennent au sol. »

Ma grand-mère disait que ça prend des racines profondes pour que le tronc monte jusqu'au ciel.

***

Dans la boutique de forge, même en plein jour, c'était sombre. Depuis quelque temps, pourtant, on aurait dit que c'était pire. La suie sur les murs, puis l'ombre de Ti-Bust qui viraillait autour du foyer, ça tenait la noirceur plus foncée. (Peut-être à cause de la manière que le feu était placé, l'ombre du forgeron était toujours plus grande que lui-même.)

Depuis son pacte avec le Malin, puis avec son veuvage par-dessus le marché, le forgeron s'était mis à boire comme un trou.

— Il faut battre le fer quand il est chaud !

Et il était toujours chaud. Il se tenait gris du matin au soir.

– Au front Ti-Bust, au nez Ti-Bust…

Aussi, parce qu'il ne voulait rien savoir du verre solitaire, il avait entraîné une bande de buveurs dans son sillon. Soûle souventes fois la semaine, la troupe menait la galipote à gorge déployée. (Noé lui-même se serait noyé le zoo dans ce déluge de boisson.)

Les gars levaient le coude, levaient le coude, jusqu'à s'en faire des bursites, puis des *tennis elbows*.

Et puis on ne se contentait pas de la petite Molson ou de la petite Labatt. Non ! On préférait se bourrer de bonne baboche.

La baboche !

Des canistres de baboche : cette potion dont le *bootlegger* Brodain Tousseur savait seul la recette. La bière de bibites, qu'on l'appelait.

***

(La recette est simple : je vous la donne. Je la tiens des registres archivés du brasseur lui-même. Laissez-moi vous dire que ça fait une piquette délicieuse !)

La bière de bibites

1. Prendre un fond de tonneau rouillé ou sale. (Sinon, un vieux pot de chambre fait l'affaire.)
2. Verser là-dedans du liquide. N'importe quoi : eau de vaisselle usée ou eau de gouttières, pourvu qu'on évite le gaspillement. (L'important, c'est pas dans le liquide. Dans une bière de bibites digne de son nom, le secret réside dans les bibites.)
3. Ajouter les bibites. On peut utiliser des mouches à miel (des abeilles), puis égrener ça dans la mixture. On peut ajouter des mouches à feu (des lucioles), puis brasser ça dans le breuvage. On peut même, à la limite, s'essayer avec des mouches à m… (selon le goût qu'on veut donner au mélange !)
4. Laisser fermenter la potion durant une couple de semaines. Quand les bouillons virent au vert, c'est prêt.
5. Tremper un bock fret là-dedans et envoyer quelques lampées derrière la cravate.

***

Les joyeux trinqueux, avec Ti-Bust en tête, faisaient ripaille à s'en fendre la tinque à pisse.

— Prendre un p'tit coup c'est agréaaaaaAAAAAaaable…

Et si ceux qui ribotaient avec le forgeron le faisaient par pure soif d'ivrogne, Ti-Bust prétendait, de son côté, chercher le génie dans la bouteille.

Le forgeron savait, en effet, que certaines bouteilles renferment des génies capables d'exaucer les vœux. Autrefois, dans sa jeunesse, au temps où il buvait par plaisir, il avait expérimenté l'affaire.

Ça s'était passé au soir de son enterrement de vide de garçon. Dans une veillée où, soûl comme un coup de poing mais dernier survivant devant Bacchus, Ti-Bust avait rencontré un génie frelaté. Cette fois-là, avant d'ouvrir sa dernière bouteille de baboche, il l'avait flattée.

Pschitt!

En levant le cap avec ses dents, dans la petite fumée du gaz carbonisé, il avait aperçu un bonhomme vaporeux.

(C'est dur à croire, hein? Vous allez dire que mon histoire est tirée par les cheveux. Pourtant, il n'en est rien! À preuve, ce génie était chauve. Oui! Pas un poil sur le caillou!)

Bien sûr, le génie hoquetait de pactage. Assis sur sa petite boucane vacillante, le cœur en mal de mer…

Ti-Bust pensait avoir un hallucinement. Frotte les yeux puis vois-y-oiseau: le petit magicien était là comme je suis là. Content d'être délivré, le personnage avait même offert trois vœux à son sauveur.

— NOMME-LE, JE L'AI, qu'il disait, comme un vendeur de bazar.

Trois vœux! Sans attendre, Ti-Bust, prochainement marié, avait prononcé sa première demande:

— Donne-moi une idée des caresses que ma promise me fera dans notre nuit de noces.

Le génie, ronchonnant, s'était exécuté avec dédain. Il avait flatté Ti-Bust, froidement, vitement. Sur la joue, puis c'est tout!

— C'est tout? Génie, fais-moi voir les yeux doux de ma promise quand elle me prendra pour mari.

Le génie, qui aurait préféré éviter la romance, s'exécuta encore. Deux petits yeux brillants, enjoués, le temps d'une seconde. Rien que ça!

— Rien que ça? Comme dernier vœu, génie, fais-moi connaître le goût des baisers que ma promise me donnera.

Ti-Bust s'était fermé les yeux, pincé les lèvres. Il avait attendu un doux bec. Le génie, bougonnant, se sentait incapable de porter ses lèvres à la face grasse de l'ivrogne. Dans un élan, il enfila une de ces claques. Sur la gueule du forgeron.

Clac!

Le jeune forgeron, choqué, avait alors retordu, plié, puis renfrougné le génie dans sa bouteille. Puis, reprenant la route vers chez lui, il avait jeté le contenant dans la rivière.

***

Après toutes ces années, dans la tête du bonhomme Riopel (il n'en parlait pas mais je vous le dis quand même à vous autres!), valsaient des relents de son enterrement de vie de garçon. Il rêvait de retrouver ce génie qui lui avait donné juste deux de ses trois vœux.

Avec son souhait en banque, il espérait peut-être trouver moyen de résilier son contrat avec le Yable. Comme ça, il pourrait délivrer sa fille du mauvais sort qui lui planait sur l'avenir.

Lurette, quant à elle, et puisqu'on en parle, accordait les comportements de son père avec le deuil qu'il vivait. Le changement d'attitude de son paternel coïncidait avec la mort de madame Riopel. (Ça lui faisait bien du chagrin de voir son père pacté comme une bête, jour après jour. En seulement, en bonne fi-fille qu'elle était, elle se gardait de lui servir des remontrances. Elle préférait encore garder son énergie pour rêver à Dièse qui ne revenait toujours pas.)

***

C'est comme ça que, goutte à goutte, Ti-Bust se ramassa de plus en plus chaud, chaque jour, vidant bouteilles, cruches et flacons. C'était rendu qu'à la boutique de forge, il se frappait les doigts plus souvent que l'enclume.

On dit même que, parce qu'il perdait les pédales, il arrivait au forgeron de ferrer des poules, des chiens et des enfants. (Une fois, notre homme aurait même ferré son joual à l'envers. En-dessous des sabots de sa bête, il avait posé des fers sens devant-derrière. On avait vu passer, cette journée-là, un joual qui marchait à reculons.)

La bière de bibites de Brodain Tousseur coulait si dru que cet été-là, il n'y avait plus de mouches au village. (Tous les insectes passaient dans les chaudières alambiqueuses du *bootlegger*.) Ti-Bust et sa compagnie continuaient de torcher les verres à grandes lapées.

***

C'était bien beau tout ça. En seulement, vous savez comme moi que l'alcool, ce n'est pas bon pour le foie. Puis le curé du village, chargé du maintien de la foi de ses paroissiens, ça ne lui plaisait pas ce charabia-là. Son devoir lui imposait de prêcher contre l'ivrognerie.

— On sait bien, le curé est contre tout ce qui est d'agrément!

En plus que la consommation débâclée de boissons venimeuses, ça nuisait au commerce d'eau bénite. Il fallait que ça modère!

Pour le curé de l'époque, ce n'était pas une tâche facile que d'intervenir au niveau du péchage. Depuis son histoire de fausse culpabilité avec Babine, le confesseur avait perdu de la crédibilité aux yeux des paroissiens. Son travail de tempérenciation ne s'annonçait pas facile. Pourtant, monsieur le curé finit par se retrousser la robe pour s'engager dans une propagande prohibitieuse.

D'abord, le curé s'avança en chaire, et en os, pour prononcer des sermons contre la boisson.

Ça ne donna rien : les gars continuaient à boire, boire, boire…

Ensuite, le curé instaura une surdîme. Pour les mécréants, la taxe d'église augmentait de son double sur trois ans, avec des primes pour les spiritueux.

Ça ne donna rien : les gars continuaient à boire, boire, boire…

Le curé alla jusqu'à tenter une entente avec la Société des Alcools du Québec.

Ça ne donna rien : les gars continuaient à boire, boire, boire…

Rien ne marchait dret. (Les pieds ronds, tellement ronds, que les trottoirs devenaient concaves.) Tout clopin-clopait, jusqu'au jour où, avec l'aide du maire, l'homme d'église pensa à un bon moyen de pression (en fût !). Pour maîtriser les ivrognes, il fallait les piquer dans la honte. En les zigonnant dans l'orgueil, dans l'humiliation, on les aurait.

Ça prit peu de temps pour que le curé mette sur papier un projet de loi.

> « *Article 1 et seul article :*
> *Tous les habitants de Saint-Élie*
> *Devront écrire sur leur joual*
> *Dà y ouss que c'est qu'y vont*
> *Pis de quoi c'est qu'y vont faire là.* »

(Avec ça, prévoyait-il, ça va ralentir. Personne osera écrire sur les flancs de sa monture qu'il part sur une brosse. Personne voudra étaler son vice aux yeux du village. Les alcooliques seront plus très anonymes avec l'instauration de ce nouveau procédé-là, alors personne ne boira plus. A! A!)

***

Le plus drôle, c'est que ça marcha! Après l'adoption du projet de loi, la gang de marlots ne rebut plus jamais. Tellement sobres qu'on aurait dit une sécheresse dans le désert. Pas une goutte ne s'échappait au village.

Les ex-ivrognes se sentaient le bedon démanger. En seulement, ils préféraient sécher debout plutôt que d'écrire sur leur bête qu'ils vouaient un rite à la bouteille et aux flasques.

La grosse paix! À part de ça que les nouvelles allaient bon train. Avec la nouvelle loi, chacun devait inscrire sur son joual les motifs de son déplacement.

(*Parti au magasin général pour acheter quelque chose.*)

Les potins voyageaient vite, les cancans se tenaient à jour.

(*Parti chez l'acuponcteur pour mon épine dans le pied.*)

JAMAIS plus ça boirait dans mon village...

(Dans mon village, comme ailleurs, un «jamais» a une durée approximative de trois semaines!)

Au bout de trois semaines, Ti-Bust rêvait encore à son génie. Un soir, plus capable de se retenir, il eut soif jusque dans les orteils.

— À soir, je pars sur la balloune...

Le bonhomme sortit de sa boutique, il prit le bord du magasin général. À pied, il alla s'acheter une king-canne. (Vous savez, les grosses cannettes de peinture en push-push?) Son aérosol sous le bras, il revint à son écurie. Il s'installa derrière le croupion de son joual, lui leva la queue. Puis, comme on le demandait dans la nouvelle loi, Ti-

Bust barriola sur les fesses de sa bête: «JE ME SOULE ET JE REVIENS».

Il laissa le crin retomber là-dessus.

La selle bien attachée, le forgeron partit avec son joual à la quête de son génie.

(*JE ME SOULE ET JE REVIENS*)

Traversant le village par la rue principale, il vit tout le monde se pencher sur leur rampe de galerie pour regarder le derrière de son joual.

(*JE ME SOULE ET JE REVIENS*)

Lisant ça, les rires éclataient un peu partout.

***

— Qu'est-ce qu'il y a de drôle là-dedans?

(*JE ME SOULE ET JE REVIENS*)

Avec la queue de la bête qui coupait la phrase-là en deux, on pouvait lire:

(*JE ME SOU (la queue) VIENS*)

- Je me souviens!

***

Ça plut à tout le monde. À partir de ce jour-là, les gens de mon village copièrent dans le derrière de tous les jouaux: «JE ME SOUVIENS».

Plus tard, avec l'arrivée des machines, on se vanta encore, avec des lettres bleues dans le cul: «Je me souviens».

Et puis même si Ti-Bust ne se souvint pas de grand-chose ce soir-là, ma grand-mère disait que la mémoire ne devrait jamais être une promesse d'ivrogne.

L'alluneur

De deux choses lune
L'autre c'est le soleil.

Jacques Prévert

Ma grand-mère disait que l'histoire s'est passée dans le temps où c'est qu'il y avait encore des étoiles.

«Aujourd'hui, avec les lumières électriques trop nombreuses, avec la fumée d'usines trop ombreuse, on est aveuglé. C'est rendu que le ciel est observé à la lumière de la raison puis du progrès. Lumière qui fait pas briller grand-chose!»

Ma grand-mère disait qu'avec l'avancement, on a fait disparaître les étoiles. De nos jours, les enfants ont les yeux beaucoup moins brillants.

***

Depuis quelque temps, parmi les responsabilités municipales qu'on refilait à Babine, il y avait celle d'allumer les lumières de rues.

(Comme on n'avait pas le courant électrique, on s'était patenté un système palliatif. – C'est Dièse qui avait pensé ça avant de s'en aller. – Depuis des années, ça prenait quelqu'un pour passer par les rues puis allumer un par un les réverbères à huile qui pendaient aux branches des épinettes longeant les routes.)

Entre chien et loup, tous les soirs, Babine parcourait le village. On l'entendait venir, au son de la ruine-babines qu'il portait à sa bouche pour siffloter des airs semblables à des berceuses. C'est lui qui installait le soir sur mon village, tout doucement, en transmettant la flammèche aux lanternes.

Babine savait le tour, en jouant avec la longueur des mèches, de faire une lumière tamisée. En plus de coûter moins cher d'huile aux contribueux, ça permettait de garder la lueur des étoiles puis de la lune toute la nuit durant.

Parfois, pendant sa marche, au son de la musique à bouche, Babine voyait les gens sortir sur leur galerie pour le saluer.

— Ça nous prendrait la lune, Babine, juste au-dessus du village, pour nous éclairer.

— Ah! Oui! Décrocher la lune…

Chaque soir, depuis des mois, ça ne manquait pas. Même par les grands frets, notre fou remplissait sa tâche.

— Ça nous prendrait la lune, juste au-dessus du village.

— Ah! Oui! Décrocher la lune…

***

Un soir, après une veillée de la Saint-Jean qui soulignait l'arrivée des beaux jours de juin, les gens du village revenaient de fêter. Le feu de joie s'était tenu chez le bonhomme Chose, dans le septième rang.

Au cœur de la nuit, c'était clair de lune. On aurait dit un temps arrêté: sans vent, tiède, sec. Un temps de juin qui annonce un juillet chaud.

Les fêteux marchaient, bras dessus, bras dessous, entonnant des bribes de chansons de la vieille France sur le rythme de leurs pas. Passant près du lac aux Sangsues, Brodain Tousseur cria:

— LA LUNE EST TOMBÉE DANS LE LAC!

Les yeux se tournèrent...

Au beau milieu du lac, tellement calme qu'il avait l'air d'un miroir, la lune flottaillait. Dans l'euphorie, personne ne pensant à lever la tête vers le ciel, tout le monde croyait que l'image reflétée de la lumière était la lune elle-même, tombée du ciel.

— Qu'est ce qu'on va faire? Il faut rescaper la lune!

— Il faut vider le lac, lança Ti-Bust, incapable de se retenir d'avoir des idées lumineuses. Une fois à sec, on ira chercher la lune qui va rouler dans le trou.

— Ésimésac! Va chercher ton joual!

(Bonne idée! L'étalon haut d'Ésimésac était assez costaud pour boire une bonne partie de l'eau du lac.)

Chose dite, chose faite: l'homme fort revenait déjà avec son joual. Placée sur le bord du lac aux Sangsues, la bête lapait, lapait, lapait!

— Ça marche! L'eau baisse un peu!

Puis, pendant que le joual buvait, les refrains reprenaient. À un moment donné, un nuage passa devant la lune. Comme une main devant la lampe, l'ombre glissa puis cacha la lueur complètement.

Brodain Tousseur cria encore.

— LES GARS! LA LUNE EST PUS LÀ!

— Où c'est qu'elle est partie?

— Ça doit être le joual qui l'a bue, conclut Ti-Bust.

(Le joual?)

Vitement, les hommes prirent le bord de l'étalon. On dézippa la bête du haut au bas, on lui fouilla les entrailles et l'estomac.

(Pas de lune!)

— On l'a perdue!

Et juste au moment où on remettait le joual sur pied, le nuage s'était enlevé. Brodain Tousseur se reprit.

— LA LUNE EST REPLONGÉE DANS LE LAC!

— Qu'est-ce qu'on fait?

— On va la repêcher, que solutionna Ti-Bust.

Ésimésac prit un de ses cheveux en guise de câble (il était costaud!), puis, avec un crochet à pitoune attaché à un bout, on s'improvisa une ligne à pêche géante.

Dans un swing de lasso lancé à l'eau, l'hameçon s'accrocha dans les branchailles du fond du lac.

— Je l'ai! Reste plus rien qu'à la haler au bord.

D'abord, l'homme fort s'installa seul au bout de la ligne. Dans un oh! hisse! magistral, il souqua à s'en faire péter les veines du cou.

(Rien ne bougeait.)

— On va s'y prendre en gang.

Le joual attelé à l'extrémité du cordeau, les hommes ayant chacun une prise, on tira, on souqua, encore plus fort puis…

— Ça bouge! Forcez encore un peu…

PAF!

La corde cassa d'un coup. Dans un sens dessus dessous, tous les souqueux furent projetés sur le dos, empilés en chamaille. Étendus de leur long, les premiers à ouvrir les yeux virent le ciel.

— LA LUNE!

— On l'a eue! On l'a remise à sa place…

***

Pendant que les gars se relevaient, heureux de leur coup, la musique à bouche de Babine murmura quelques notes. Voyant le fou s'en venir vers eux, les veilleux firent un lien avec le maléfice lunaire. Dans leurs yeux luisaient des soupçons pesants.

— C'est de sa faute?

Babine ne sut jamais ce qui s'était pensé. En le voyant, toute la troupe avait fui en courant.

***

Le lendemain, puis les surlendemains, personne ne parlait plus à Babine. Par peur d'un homme capable de décrocher la lune, tout le monde n'osait plus s'approcher du fou du village. Personne ne sortait plus sur la galerie pour demander la lune à l'alluneur.

On savait trop qu'il était capable de tout.

***

À la réunion municipale de juillet, quand le vendeur d'énergie électrique passa avec ses fils au village, tout le monde vota pour être mis au courant. Ils plantèrent des lampadaires électriques partout. Babine perdit sa job préférée.

Dans mon village, pourtant, on raconte encore qu'un homme décrocha la lune. Que la belle ronde baignait dans les eaux du lac aux Sangsues.

Depuis ce temps-là, on a des lampadaires qui éclairent fort, froid, dur. Des réverbères qui ne sont pas tamisés. C'est rendu que la nuit, il y a trop de lumière pour qu'on puisse voir la lune puis les étoiles. Ma grand-mère, elle disait que les yeux des enfants brillent beaucoup moins. C'est rendu qu'il faut leur raconter des histoires pour rallumer l'étincelle d'antan.

Le déconte de Noël

[...] parce que l'Esprit déprave le sens,
et que la volonté parle encore,
quand la Nature se tait.
Jean-Jacques Rousseau

Ma grand-mère disait que l'histoire s'est passée dans le temps où c'est que la vie avait encore un sens.

«Pas un cens comme à l'époque des saigneurs, mais un Sens comme à l'époque du Seigneur. Un sens unique et vertical! Un sens sûr, plus fort que tous les doutes mis ensemble! Aujourd'hui, avec le débrimbalement des valeurs puis l'achat des Droits de l'Homme, chacun va dans le sens qu'il veut. La liberté devient de l'anarchie, ça se rentre dedans, puis ça pète.»

Ma grand-mère disait que l'histoire s'est passée dans le temps où c'est que la vie avait encore un sens. Vertical. Par en haut.

***

Depuis le départ de son Dièse, Lurette regardait passer les saisons comme des chars allégoriques dans une parade. Chaque matin, elle portait son regard par le châssis pour s'imaginer qu'il revenait. Puis elle espérait, encore et chaque jour, un retour improbable.

Rude vis-à-vis d'elle-même, elle n'avait jamais reparlé de mariage avec son père. Depuis cette phrase dure, et ces yeux de braise trop lourds...

(*M'as-tu bien compris, Lurette. JAMAIS!*)

***

Derrière l'automne et l'attente, l'hiver s'était pointé le nez. Le fret se réinstallait, avec sa neige puis ses vents. On était rendu au temps des Fêtes, maintenant.

Dans la journée du vingt-quatre décembre, Lurette tenait les manchons de la cuisinière. Elle gouvernait les chaudrons, popotait la mangeaille du grand réveillon. Elle avait passé une bonne partie de la journée dans ses plats, puis elle finissait tout juste de mettre la main aux pâtés puis aux plottes. Cette année-là, les voisins allaient venir veiller, autant qu'ils étaient, puis ils seraient reçus en rois.

— Pôpa! Vous êtes ben senteux!

Ti-Bust avait dépensé son après-midi à virailler autour des casseroles. Déjà, dans l'après-midi, il avait entiffé une bonne batch de bines. En cachette.

Quand tout avait été paré dans la cuisine, la belle Lurette avait fait sa toilette. Pleine des sentiments de Noël, remplie de ce mélange de tristesse puis d'agrément, elle avait enfilé la robe que Dièse préférait. Celle-là avec des petites fleurs rouges et vertes. Rouge et verte, avec une dentelle, comme fabriquée d'amour et d'espoir. La belle était grimée, parfumée : sur son trente-six pour le vingt-cinq du douze.

Et déjà, les premiers invités lançaient le *Bonsoir!* dans le salon.

***

(Il faut que je vous dise qu'à cette époque-là, dans mon village, les réveillons se passaient en trois temps. D'abord, dans la veillée, les uns se rendaient chez les hôtes. Là, on jasait, on placotait. Les hommes bourraient leur pipe pour se délier la langue. Dans l'odeur des fumées et fumets qui se mélangeaient, on repassait ensemble les souvenirs de l'année : les bons coups, les pets de travers, le travail, les amis.

Plus tard, à minuit sonné, tout le monde marchait à l'église pour entendre les chants de la grand-messe de minuit. Après la célébration, on revenait pour manger, danser, chanter puis se tremper la luette.

Cette année-là, à la veillée des Riopel, en plus de parler du passé, on allait avoir la chance de jeter un œil dans l'avenir. Beau dommage ! Parmi les invités se trouvait la marraine de Lurette, la Sauvagesse. Elle, en bonne sorcière qu'elle était, elle savait prévenir le futur. Elle lisait *demain* couramment. Pas dans les cartes ou dans les poches de thé, non ! Pour apprendre l'avenir, elle interrogeait les odeurs. C'est dans les parfums qu'elle pressentait. La Sauvagesse, c'était une senteuse de bonne aventure.)

***

12…

Tout le monde s'était installé dans le grand salon, sous la lueur des lampes à huile. La sorcière venait juste de commencer sa ronde de prédictions sentantes. Elle portait le nez sur chacun (S*nif! Snif!*), puis elle avançait une supposition. On la questionnait, on la pressait d'en dire plus, de sortir des noms, des chiffres, et encore. On voulait tout savoir !

— Je vas-tu devenir riche ?

(Snif! Snif!)

— Humm… Si tu gagnes un bon salaire… si tu dépenses pas trop, puis que tu t'en mets de côté, tu devrais finir par compter quelques piasses dans tes poches!

— Je vas-tu vivre vieux?

(Snif! Snif!)

— Humm… Si t'as une bonne santé, puis que tu te ménages… Si tu meurs pas trop jeune, tu devrais vivre assez vieux!

(Quand elle prenait soin de se nettoyer le nez comme il faut, elle se trompait rarement!)

11…

Elle faisait le tour, comme ça, en écorniflant tous et chacun. Les oreilles étaient tout ouïes à ce nez prémonitoire. On écoutait, pour rire de temps en temps, pour se froncer le sourcil d'autres fois. Bonnes fortunes, malheurs, la sorcière sentait tout. Comme une balayeuse centrale! (C'est la loi de toute bonne aventure.)

10…

Elle huma tout le monde pour finalement aboutir à Lurette. Lurette, assise à côté de Ti-Bust qui se tortillait sur sa chaise. À ce moment-là, la compagnie devint tendue: chaises berceuses et placotages arrêtèrent de grincer.

(Tout le monde avait eu vent de la rumeur. (Tellement de vent de la rumeur qu'on aurait pu y mettre des éoliennes pour se faire du courant!) Lurette attendrait Dièse aussi longtemps qu'il faudrait parce qu'elle l'aimait sans bon sens.)

La Sauvagesse, le nez devant Lurette… On était pour avoir des nouvelles de l'amoureux.

9…

Depuis que Dièse était parti, on courait le risque de ne plus jamais le revoir. C'est dangereux, les voyages! Puis ce n'est pas vrai que tous les chemins mènent à Rome. D'autant plus que ces jours-ci, les cancans disaient que le jeune homme s'était engagé pour la guerre.

8...

Ti-Bust se trémoussait sur sa chaise. (Il devait avoir peur que la sorcière lise son pacte avec le Yable. Il n'en avait jamais parlé à quiconque puis il préférait que ça ne se sache pas.)

7...

La vieille porta l'odorat sur Lurette.

(*Snif! Snif!*)

Elle sniffa deux petits coups, puis elle fit une grimace.

(*Snif! Snif!*)

Elle toussa un peu.

— Ça sent le Yable! Ça a pas de bon sens, Lurette, ça sent la mort...

Puis voilà Lurette qui se met à brailler. Elle qui avait pris soin de se pomponner avec son parfum d'odeurs.

— C'est Dièse! C'est lui qui va mourir!

Ti-Bust avait baissé le nez, honteux.

6...

Jusqu'à la fin du décompte, il ne se dit pas un maudit mot sur la *game*. Tout ce qu'on entendait, c'était Lurette qui ne finissait pas de sécher son chagrin pendant que les dernières secondes perlaient lentement...

5...

... bien lentement...

4...

...

3...

Quelques secondes avant de partir pour la grand-messe, un instant avant la plusieurs-ième naissance du petit Jésus, le forgeron brisa le silence.

— Écoutez! Bande de braillards! Vous allez pas passer un Noël tout croche à cause de moi. Je m'en vas vous la dire la vérité, moi...

(Il n'avait pas pu se retenir, qu'il a avoué.)

— J'ai mangé des bines toute la journée!

(Il avait pété juste avant que la diseuse renifle: la mauvaise odeur s'était traduite en mauvaise rumeur, puis en mauvaise humeur.)

2...

Dièse ne mourrait donc pas...

1...

... ZÉRO!

— JOYEUX NOËL!

Les embrassades puis les vœux répétés depuis toujours redonnèrent le ton à la soirée. Lurette se recrinqua l'espérance, puis la vieille sorcière se tendit la narine.

(*Snif! Snif!*)

— Hummm... Ça sent le Christ! Il est nez le divin enfant. Allons-nous-en à l'église!

***

On avait passé bien proche d'échapper le fil de l'histoire.

Ma grand-mère disait qu'il faut toujours faire attention: que t'as beau avoir beaucoup de *sent-bon,* ça ne veut pas dire que t'as autant de *bon sens.*

Les mitaines

ᶜ

Quand c'est un vent du nord,
Qu'il vienne de n'importe quel bord,
Il est toujours froid.
L'épicier de mon village

Ma grand-mère disait que l'histoire s'est passée dans l'antan où c'est que la patience était une qualité.

«Aujourd'hui, on achète tout de suite puis on paye plus tard. Même en amour! On sait plus attendre à qui vient à point. On ose même plus s'attendre à rien pour éviter d'être déçu. Faire la file, c'est devenu intolérable. Dans le temps, pourtant, on en faisait du fil. Il se trouvait même des bonnes femmes spécialisées dans le filage. Le pire, dans ça, c'est qu'elle filait bien malgré les nœuds.»

Ma grand-mère disait que la patience pouvait durer longtemps quand on avait le droit d'espérer.

***

Cette année-là, il fit froid. Plus que froid, il fit FRET. Moins soixante degrés tous les jours! Treize, quatorze pieds de neige à l'heure. FRET? Si t'allumais une allumette, elle ne s'éteignait pas, mais la flamme gelait au bout du petit bâton! La flamme gelait! Même les ceux-là qui prétendaient ne pas avoir fret aux yeux devaient porter des lunettes.

Vous comprendrez que par un climat de même, tout le monde courait après la chaleur. Les villageois se rassemblaient, pour tenir tête à l'intempérie. Tous les soirs, c'était chez l'un, chez l'autre, pour se réchauffer en coudes serrés.

Par chance qu'on avait la Sauvagesse dans nos rangs (dans le septième rang, plus précisément). Sans elle, cet hiver-là aurait effacé le village. La sorcière, avec ses talents de tricoteuse-fileuse, elle trouvait moyen de fournir des morceaux de linge chauds aux plus frileux.

(La tricoteuse fabriquait sa propre laine. En novembre, elle avait rasé tous les moutons du village. Bientôt décembre, elle s'attaquait aux poils de chien. Les jours passaient, le fret continuait de s'intensifier, puis on dut couper la barbe des hommes et les cheveux longs des femmes... Tuques, foulard et bas de laine : elle travaillait avec le fil des idées, le fil à retordre, la laine d'acier ! (Certains affirment que la bonne femme, vu qu'elle tirait le Yable par la queue, en avait profité pour lui arracher quelques poils rouges de temps en temps. C'est avec ça que la première ceinture fléchée aurait été fabriquée.) File la laine et tricote encore... À la mi-janvier, on n'avait plus un poil de disponible dans le village. Pas même un poil de jarret, un poil de dessous de bras ou un poil que je ne nommerai pas !)

***

Malgré toute la bonne volonté capillaire, le fret durant, on arriva à la fin de janvier avec une pénurie de matière filable. Avec les derniers bouts de fils, la tricoteuse avait maille à faire deux mitaines identiques.

— Telle paire, tels fils !

Toujours est-il que les gens du village portaient des paires dépareillées, puis des tuques moustachées. Ça allait comme ça ! Personne ne faisait de cas de la laine multicouleur. Personne, sauf le maire! Le maire qui venait de rentrer au pouvoir. Lui, avec ses airs de fendant, ça lui prenait deux mitaines assorties pour sortir.

— Le cordonnier peut bien être mal chaussé s'il veut, ça me regarde pas, mais ça m'empêche pas de bien me mitainer.

— Vous avez raison! Comme payeux de taxes, j'ai le droit d'avoir une tête d'affiche qui s'attrique comme du monde!

Pourtant, malgré les jours qui passaient, le maire restait nu-mains. À croire qu'il n'avait pas trouvé de poils nulle part!

***

Un soir, les hommes du village veillaient chez Brodain Tousseur. Coudes à coudes levés, ils se réchauffaient le gorgueton en promiscuités et discussions. (En d'autres mots: ils jouaient aux dames.)

Dehors, un moins-cinquante-huit sifflait sur le toit de tôle pincée. (Ça s'était adouci!)

À un moment donné, dans une bourrasque, la porte s'ouvrit sur la silhouette du maire.

— Prenez un siège, m'sieur le maire! Faites comme chez vous!

— Dégreyez-vous! Enlevez donc votre gros parka.

Et le maire de répondre, sérieux:

— Je m'en vas m'assir autant qu'il faut, mais je m'en vas garder mon manteau.

— Voyons, m'sieur le maire! Êtes-vous pressé?

— On voudrait vous jaser! Enlevez donc votre gros parka.

Et le maire de répéter, sévère:

— Je m'en vas jaser autant qu'il faut, mais je m'en vas garder mon manteau.

— Écoutez, m'sieur le maire: on va prendre un p'tit coup!

— C'est moi qui paye la traite! Enlevez donc votre gros parka.

Et le maire de se reprendre, sevré:

— Je m'en vas trinquer autant qu'il faut... puis je m'en vas enlever mon manteau.

Si personne ne comprenait pourquoi le maire se rabrouait tant à enlever son manteau, on comprit vite. Quand le parka fut suspendu sur la patère, les gars eurent la surprise: en dessous de son par dessus, le maire portait un costume de bain. (C'était un maillot d'une pièce, justaucorps, en cuirette de mouton renversé. Ça partait des cuisses puis ça montait en bretelles sexies jusqu'aux épaules.)

Ti-Bust ne sut pas se retenir de chialer un peu.

— Quand je pense que vous avez tous voté pour lui!

(Brodain Tousseur rappela au forgeron que tout le monde avait voté pour lui puisque c'était le seul qui s'était présenté!)

Le maire se tira une bûche à la grande table, il prit un coup, puis personne n'osa le questionner sur son accoutrement.

(Étrange!)

En plus qu'à tout bout de champ, durant la veillée, le maire se rentrait la main dans le fond du costume comme pour zigonner ou taponner quelque partie de sa corporence... (?) On ne savait pas trop ce qui se cachait là-dedans.

(Bizarre!)

Ce qu'on sut, à la fin finale du tournoi de dames, c'est que le maire avait trouvé moyen de se faire fabriquer deux mitaines identiques. (Vous savez, ces petites mousses qui se forment dans nos nombrils de temps en temps?) Quand il se fouillait dans le maillot, c'était pour ramasser les fruits de son trou de bedaine. Avec son maillot en agneau renversé, la récolte s'annonçait assez importante pour envisager la création de deux mitaines de même couleur.

***

Le lendemain matin, le maire se présenta la motte de minou chez la tricoteuse-fileuse. (Une boule qui ressemblait à de la mousse de sécheuse. Seule différence : un peu humide !)

La sorcière fit ses estimations, puis :

— T'en as trop ! Il va falloir que je te fasse deux gants à sept doigts ou trois gants à cinq doigts. T'as le choix !

Dans la tête du chef, la calculatrice fit ses comptes.

> *Deux fois sept = quatorze*
> *Trois fois cinq = quinze*

(Un doigt de différence ! Les profits sont plus grands avec la proposition des trois mitaines : un doigt de plus pour le même prix.)

La sorcière se mit donc au travail. Carde, file et tricote… Dans le temps de le dire, elle remettait au maire une paire de trois mitaines. Heureux comme un pape, le premier citoyen se dépêcha d'aller faire exposition de ses paluches aux contribueux.

Chez Brodain Tousseur, la réaction fut générale.

— C'est pas mieux que c'était ! Si vous aviez pas deux mitaines pareilles, vous vous retrouvez maintenant avec une mitaine de trop !

(Trois mitaines ! Déjà, on se trouvait en face d'un autre problème : une mitaine orpheline.)

Tout de suite, les habitants du village commencèrent à se casser la tête pour régler la nouvelle question. (Il faut trouver une solution :

un couple pas pareil, ça s'endure, mais un solitaire, une main à l'air, ça ne fait pas des enfants forts!)

— Qu'est-ce qu'on va faire?

C'est lors d'une séance spéciale organisée par le conseil municipal pour régler l'affaire de la mitaine unique que la Sauvagesse ouvrit une piste:

— Faites-vous-en pas! Viendra le jour où l'homme à une seule main chaussera la mitaine.

Elle avait dit juste ça. Juste ça, puis, déjà, le consternage s'en prenait à l'assemblée contradictoire.

(… l'homme à une seule main…)

Tout le monde se regarda, démoyenné.

(Un manchot? Il y aurait un manchot dans le village?)

La suspicion planait.

(Quelqu'un aurait osé cacher ça depuis tout le temps?)

— C'est qui le traître?

Les villageois cherchèrent, cherchèrent, pendant des semaines…

***

… mais ils ne trouvèrent pas. Et ce qui devait arriver arriva.

(En fait, comme il est écrit dans le gros livre – le gros livre que personne n'a jamais lu mais que tout le monde sait par cœur. Vous savez? Le gros livre que tout le monde comprend comme il veut! – : *si tu ne vas pas au manchot, le manchot viendra à toi.*)

Un bon jour, du fond du cinquième rang, on vit arriver quelqu'un qui boitait. Du cinquième rang, à l'est du village, comme un soleil levant, c'était Dièse qui revenait d'un long voyage.

Dans son aventure, il s'était fait écorcher quelques bouts de sa constitution. Il lui manquait un pied, un œil, mais surtout, il lui manquait une main...

(Le manchot promis et tant espéré!)

Lurette le vit venir, puis elle courut à sa rencontre. Elle lui sauta dans les bras en pleurant. Comme un cadeau qu'elle ne finissait plus de demander, comme la récompense de ces mois de patience et de solitude. Pour toutes ces nuits sans étoiles, Dièse brillait de sourire.

***

Ce soir-là, il ne manquait personne chez Brodain Tousseur. Pour fêter le retour de Dièse, en guise de rebienvenue, on lui offrit une belle mitaine comme celles du maire. Puis on ne compta pas toutes les larmes de joie qui mouillèrent les joues.

Ma grand-mère disait que quand les larmes ne gèlent pas, le printemps n'est jamais loin. Dans les jours qui suivirent, les sourires firent casser le fret et dégeler les cœurs. Le beau temps revenait pour de bon...

La parole de Dièse

On est ce que l'on aime.
On est ce dont on se souvient.
Claude Jasmin

Ma grand-mère disait que l'histoire s'est passée dans le temps où c'est que les gens avaient une parole.

« Aujourd'hui, c'est juste pour dire si on trouve encore des paroles en l'air. C'est rendu que ça prend un contrat devant le juge pour s'aimer. On se baille et baillonne, on se légalise. La bouche close, ça prend des clauses. Autrefois, c'était tout autrement : un serment valait plus que nos listes de serrements contractuels et contractés. »

Ma grand-mère disait que ça se passait dans le temps où la parole donnée était encore une parole d'honneur.

***

Enfin, Dièse était revenu ! Ça faisait une mèche qu'on ne l'avait pas vu ! Dièse était revenu ! Lui qui mettait de la vie partout où il passait. Lui qui savait par cœur toutes les histoires de Ti-Jean, puis toutes les chansons qui finissent par *excusez-la*. Enfin !

***

(Le soir du retour du jeune homme, tout le monde s'était rassemblé chez Brodain Tousseur pour fêter ça. Babine avait amené sa ruine-babines. La Sauvagesse, Ésimésac, monsieur le maire, le bonhomme Chose avec sa femme étaient présents : on venait du fond des rangs pour revoir Dièse. Aux premières loges se trouvait Lurette, escortée par son père (qui voyait là un danger de mariage et d'âme à perdre).)

Dièse était toujours entier, malgré le fait qu'il revenait de son voyage avec quelques morceaux en moins. Il portait sa fierté accrochée sur son épaule: trois gallons de région donneur. En quel honneur ? C'est lui qui le conta. Entre deux chansons, durant la grande veillée, il se leva pour prendre la parole. On lui passa le crachoir, cérémonieusement, comme on se passerait le Saint-Graal. (Dièse postillonnait tellement en racontant qu'on aurait pu boire ses paroles.)

— *J'étais assis, un bon jour d'automne, à regarder les feuilles rougir. Je mâchais une chique de tabac, tranquillement...*

(Dièse était parti ce jour d'automne où Ti-Bust avait interdit le mariage à Lurette.)

***

Une chique délicieuse, mes amis! Du tabac des îles, que je pensais. Vous savez, des îles où c'est que le monde qui a de l'argent peut aller pour chiquer jusqu'à « Amen !» sans s'arrêter.

Pour moi, c'était du tabac comme celui que le bon Yeu lui-même devait mâcher quand il faisait de la création. Quand il avait craché les lacs, puis les cours d'eau. Toujours est-il qu'à un moment donné, j'arrive pour cracher...

(Rooot...)

Là où je visais, j'aperçois un suyier. (?) Je regarde au bout du suyier : un homme. Puis au côté de lui : un autre homme. Dret-là, comme vous puis moi, des amanchures de cravatés qui me dézyeutaient. (J'aurais dû

pas me retenir pour cracher rapport que ces hommes-là venaient m'enga-
ger pour partir sur les chantiers.)

***

— T'es pas allé à la guerre, Dièse? que lança Brodain.

— Oui, j'y suis allé. Mais laissez-moi venir, je pars du début de
la route...

***

— *Les chantiers?*

À la course, j'ai rentré voir ma mère pour qu'elle me demande de
rester. Tout ce qu'elle a trouvé à me dire, ça a été:

— *Ton sac est sur le bord de la porte avec ton linge puis tes suyiers.*

Puis ma mère, elle a rajouté, comme elle faisait toujours, qu'il fallait
que je fasse attention avant de donner ma parole.

— *Prends garde à tes mots! Il faut toujours respecter ça, une parole.*
Des fois, on peut regretter de l'avoir donnée.

(Il faut préciser que Dièse n'écoutait pas sa mère: il donnait sa
parole à n'importe qui. Plus fort que son vouloir! Un conteux qui
conte, ça a l'habitude d'envoyer ses paroles à gauche puis à drette,
comme un sumeur qui sume. Dièse était de ceux-là qui ont la langue
facile.)

Ça fait que je prends le sac...

...je le jette sur mon bed de camp en arrivant au chantier. Le camp
de bûcheux où je restais se trouvait à être au nord d'une rivière du nord.

(Timber! Timber!)

Je suis resté là six mois. Six long mois à raconter les mêmes histoires
aux mêmes oreilles qui riaient aux mêmes places.

(Timber! Timber!)

À la longue, malgré la paye, j'ai fini par penser que ça tenait pas debout. À force de faire tomber à terre nos forêts, le pays viendrait qu'à planter au grand complet. Je m'imaginais qu'ils couperaient bientôt jusqu'aux arbres généalogiques pour faire de la pulpe, de la catapulpe, des pages blanches puis des blancs de mémoire.

Un matin, j'en ai eu jusque là. Je suis allé voir le foreman pour lui donner ma démission.

— Il en est pas question. Tu m'as donné ta parole que tu tofferais l'hiver!

J'avais promis! Pourtant, je continuais de croire qu'il se trouvait sûrement un moyen de sacrer mon camp…

Assis sur une souche, je jonglais à ça, tranquillement.

Toujours est-il que, à un moment donné, j'arrive pour cracher.

(Rooot…)

Là où je visais: j'aperçois une bibite volante. Haute de même. Ça me dévisageait, cette affaire-là, les poings sur les hanches.

C'était une fée.

***

(Une fée?)

À ce mot-là, la compagnie réagit. Les incrédules s'emportèrent. Ils le ne croyaient pas. Ils disaient que ce n'était pas vrai. Ils jouaient les faux sceptiques juste pour que Dièse les convainque du contraire.

***

Si ça serait pas vrai, mes amis, je serais pas ici à vous conter mon histoire. C'est simple, puis je vais être honnête avec vous autres: je vous tourmenterai pas pour vous faire accroire mes affaires. En seulement, je vous assure que sans cette fée-là je serais pas ici pour vous parler…

Par chance que je me suis retenu de cracher. (Je pense que je la noyais d'un coup.) C'était une fée minuscule, comme celles qui couraillent dans les légendes.

Elle m'a relancé, de même, avec un grand soupir :

— *J'ai su que tu voulais partir d'ici. Je peux t'arranger ça !*

— *Où c'est que tu peux m'emmener ?*

— *N'importe où !*

— *Tiguidou !*

(De toute manière, je pensais que « n'importe où » serait mieux que « nulle part ».)

— *T'as juste à venir t'assir sur ta souche à neuf heures tapant, demain matin. Tu peux être sûr que tu resteras pas longtemps au chantier ! Fie-toi sur moi, qu'elle a conclu.*

Ça m'avait ravigoté l'espérance.

Neuf heures moins cinq, pour pas manquer mon coup, je m'installais sur la souche de la veille. Les gars avaient déjà commencé leur journée.

— *Va donc scier !*

(Les bûcheux étaient toujours marabouts, le matin !)

(Timber ! Timber !)

Le croupion sur ma souche, je suivais l'heure sur le soleil.

Neuf heures moins trois…

Neuf heures moins deux, moins une…

Là, je me disais en moi-même que je devais avoir l'air d'un épais. Attendre une fée ! Les gars auraient ri de moi à s'en casser les dents s'il avait fallu qu'ils sachent que j'avais rencontré une fée. En plus qu'elle est jamais revenue. Tout ce qui s'est passé, à neuf heures pile, c'est un tonnerre de troncs qui pliaient en même temps.

(Timber! Timber! Timber!)
À neuf heures tapant, douze arbres me sont tombés carré sur la jambe.
(BANG! Bang! Bang!...)
On m'a mis sur le premier train, puis shippé à l'hôpital de Québec. D'urgence!

***

Au bout de trois jours, je me suis réveillé sur un lit blanc. Quand j'ai eu compté, recompté puis rerecompté mes orteils, j'ai bien compris qu'il me manquait un pied.

— On vous a coupé la jambe parce qu'elle était brisée un peu. En échange, on vous a installé une belle jambe de bois. De la bonne érable piquée!

À l'hôpital, le monde me regardait croche, rapport que ma jambe de bois était en érable. En plus, comme on était rendu au printemps, je m'étais entaillé le jarret. (Ça coulait pas des chaudiérées pleines, mais ça dégouttait un peu.) La petite eau que je ramassais, je la faisais cuire avec mon lighter, puis je brassais des batchs de petits bonbons de sucre. (Les diabétiques se jetaient à genoux devant moi pour goûter à ça. Le cœur sur la main, je leur payais la traite en masse. Ils étaient contents!)

Toujours est-il qu'un bon jour, les infirmières sont devenues jalouses de ma jambe, puis elles m'ont mis dehors.

***

Avec l'erre d'aller des escaliers, puis les infirmières qui me poussaient dans le derrière, je suis sorti de l'hôpital, j'ai passé tout dret dans la rue, puis je suis rentré dans la porte d'en face.

Me voilà rendu dans une auberge. Les coudes accotés sur le bar, assis sur un petit banc qui vire, la tête s'est mise à me tourner. Le vin blanc coulait dru, les flacons s'égouttaient. Au bout de quelques semaines que j'étais là, on avait dévissé tellement de bouchons que j'avais pogné un étourdissement à me lever le cœur.

L'été passé, c'est venu le temps de payer l'écot.

Un gros fermier en salopette s'est présenté. Il a rayé mon bill en échange de ma parole.

— J'ai besoin d'un vaillant pour faucher mon foin !

Clopin-clopant, au petit matin du lendemain, j'ai pris la route qui menait chez l'habitant. Cerné, échevelé par mes trois mois de brosse, j'ai suivi ma promesse jusqu'au milieu de son champ, puis le bonhomme m'a expliqué l'ouvrage.

— T'as juste à couper ça de même, avec la faux qui est là. S'il y a quoi que ce soit, gêne-toi pas pour t'arranger tout seul !

Le champ infini ! Je voyais pas jusqu'au bout. Ni à gauche, ni à drette, ni tout le tour. C'était comme un océan de terre. Un cauchemar de milliers d'arpents de foin qui attendait que je le fauche.

J'ai pas perdu de temps. J'ai commencé sur-le-champ.

Fauche, coupe.

Avance de trois, quatre pieds...

Envoye !

À tour de bras.

Comme ça, pendant des jours.

Je commençais déjà à manquer d'entrain.

Fauche, coupe.

Avance encore...

J'en avais que la moitié du quart de récolté.

Déjà, j'étais vidé. Sec.

(Vide comme une cruche de whisky au lendemain des élections.)

Un matin, j'en ai eu jusque-là. Je suis allé voir le fermier pour lui donner ma démission.

— *Il en est pas question. Tu m'as donné ta parole que tu tofferais l'automne!*

J'avais promis! Pourtant, je continuais de croire qu'il se trouvait sûrement un moyen de sacrer mon camp...

Assis sur une souche, je jonglais à ça, tranquillement.

Toujours est-il que, à un moment donné, j'arrive pour cracher.

(Rooot...)

Là où je visais: j'aperçois une bibite gluante. Un crapaud galeux qui me dévisageait avec des grands yeux baveux.

(Je lui lâche mon morviat sur le dos!)

— *Je m'en venais t'aider, niaiseux!*

Le crapaud avait parlé.

***

(Un crapaud qui parle?)

À ce mot-là, la compagnie réagit encore. Les incrédules s'emportèrent. Ils ne le croyaient pas. Ils disaient que ce n'était pas vrai. Ils jouaient les faux sceptiques juste pour que Dièse les convainque du contraire.

***

Si ça serait pas vrai, mes amis, je serais pas ici à vous conter mon histoire. C'est simple, puis je vais être honnête avec vous autres: je vous tourmenterai pas pour vous faire accroire mes affaires. En seulement, je vous assure que sans ce crapaud-là, je serais pas ici pour vous parler...

Il voulait m'aider puis je le recevais avec un crachat. Pour me faire excuser, j'ai repris tout mon jus en le lichant au complet.

— *J'ai su que tu voulais partir d'ici. Je peux t'arranger ça!*

— *Où c'est que tu peux m'emmener?*
— *N'importe où!*
— *Tiguidou!*
(De toute manière, je pensais que «n'importe où» serait mieux que «nulle part».)
    — *T'as juste à faucher avec la faux à l'envers. Prends la lame dans ta main, élance-toi un bon coup. Tu peux être sûr que tu resteras pas longtemps au champ! Fie-toi sur moi, qu'il a conclu.*

Ça m'avait ravigoté l'espérance.
Avant de finir ma journée, il me restait une gerbe à coucher.
(Pourquoi pas essayer le truc du crapaud?)
J'ai pris la lame dans ma main, tourné l'instrument à l'envers, puis j'ai frappé un grand coup.
(Schlack!)
Je me suis botté le moignon juste au ras du poignet. Plus de main!
En courant-boitant, je retourne à maison, On me garrote, me bande. Puis le bonhomme revient de son hangar avec un beau crochet à pitoune. (Rouillé, c'est sûr, mais quand même bien solide.)
    — *Donne-moi ta main!*
    — *Elle est dans le champ, je l'ai pas ramenée, que je lui réponds.*
    — *Tends-moi le bras, d'abord!*
Je lui tends le moignon, puis il me plante le manche du crochet dans la chair saignante.

***

Comme je valais plus rien sur la ferme, on m'a installé à dormir sur la galerie, avec les sacs à vidanges. Le soir même, j'étais en train de chiquer.

Toujours est-il que, à un moment donné, j'arrive pour cracher...
(Rooot...)
*Là où je visais, j'aperçois un suyier. (?) Je regarde au bout du suyier :
un homme. Puis au côté de lui : un autre homme. Dret-là, comme vous
puis moi, des amanchures de cravatés qui me dézyeutaient. (On dirait
que j'avais déjà vu ça quelque part!)*

— *De la circonscription? Je savais pas qu'il y avait des élections qui
s'en venaient!*

— *Non, m'sieur! C'est pas des élections, c'est la conscription!*

*Puis sans savoir ce que ça voulait dire, j'ai donné ma parole. Cons-
crit pour les circoncis...*

*Les gars m'ont ramassé pour aller joindre les rangs des soldats. Je les
avais prévenus que je pouvais pas tenir un fusil avec mon crochet, que je
pouvais pas courir avec ma jambe de bois...*

— *C'est pas grave! C'est toi le pire. En autant que ta botte est tout
le temps shinée, t'auras pas de problèmes!*

***

La guerre!
(Feu!)
À grands coups de fusil.
(Feu!)
À grands coups de canon.
(Feu!)
À grands coups de pied dans le derrière.

*Un matin, j'en ai eu jusque là. Je suis allé voir le caporal pour lui
donner ma démission.*

— *Il en est pas question. Tu m'as donné ta parole que tu tofferais le
régiment!*

J'avais promis! Pourtant, je continuais de croire qu'il se trouvait sûrement un moyen de sacrer mon camp...

Assis sur une souche, je jonglais à ça, tranquillement.

Toujours est-il que, à un moment donné, j'étais en train de spitter ma botte.

(Rooot...)

Frotte, frotte, puis j'aperçois une bibite étrange, assise sur une boucane bleue. Ça me dévisageait, cette affaire-là, les poings sur les hanches.

C'était un génie.

***

(Un génie?)

À ce mot-là, la compagnie réagit. Les incrédules s'emportèrent...
(Vous connaissez la suite!)

***

Si ça serait pas vrai, mes amis, je serais pas ici à vous conter mon histoire. C'est simple, puis je vais être honnête avec vous autres: je vous tourmenterai pas pour vous faire accroire mes affaires. En seulement, je vous assure que sans ce génie-là, je serais pas ici pour vous parler...

C'était un génie minuscule, comme ceux qui exaucent des vœux dans les bouteilles de bière.

Il m'a relancé, de même, avec un grand soupir:

— *J'ai su que tu voulais partir d'ici. Je peux t'arranger ça!*

— *Où c'est que tu peux m'emmener?*

— *N'importe où!*

— *Tiguidou!*

(De toute manière, je pensais que « n'importe où » serait mieux que « nulle part ».)

— *T'as juste à rentrer dans la petite cabane que tu vois là-bas. Tu peux être sûr que tu resteras pas longtemps sur le champ de bataille! Fie-toi sur moi, qu'il a conclu.*

Ça m'avait ravigoté l'espérance.
J'ai enfilé ma botte puis j'ai boité vers la cabane. Le génie traînait en arrière, enroulé dans les lacets, avec la chaudière d'eau d'érable que j'avais oublié de dépiper.
J'arrive à la cabane puis, sans cogner, je rentre...
(BANG! Bang! Bang! bang! bang!...)
On m'a mis sur le premier bateau, puis shippé à l'hôpital de Montréal. D'urgence!

***

Au bout de trois jours, je me suis réveillé sur un lit blanc. J'étais un peu raqué, ankylosé.
— *On a compté quatre-vingt-douze balles qui vous ont percé. Comme un fromage. Là, vous avez rien de brisé mais ça se peut que vous entendiez un peu mal de ce bord-là.*
— *Docteur, je vous lève mon chapeau, ma tuque pis ma botte pis mon foulard pour avoir su me garder en vie.*

***

Chez Brodain Tousseur, les écouteux devenaient impatients.
— Ton œil, Dièse? C'est pas là que tu l'as perdu? C'est quand qu'ils t'ont mis un œil de vitre?
— J'arrive, là. Écoutez-moi jusqu'à la fin ou, sinon, j'arrête de vous conter mon voyage...

***

Avant-hier, j'étais encore à Montréal. Comme j'en avais perdu assez, je voulais m'en revenir ici, au village. J'avais pris assez de risque avec ma parole.

Je décide donc de partir de Montréal par le chemin de fer. (Le seul chemin que je connaissais, pour Montréal à ici, c'était le chemin de fer.) À pied, parce que le billet était trop cher pour mes moyens, je prends en direction du village. (La rail me mènerait à Charette, village voisin. De là, je pourrais prendre le cinquième rang jusqu'ici.)

J'ai marché comme ça, au gros fret (il a-tu fait fret en maudit?). Marché pendant une journée. Rendu à la hauteur de Lavaltrie, l'endormitoire m'a pogné. D'un coup, de même, je suis tombé fatigué.

(Je vais me reposer!)

Comme j'avais pas de cadran puis que j'avais peur de geler durant mon sommeil, j'ai pensé à me coucher sur la track.

(Le prochain train qui passe, ça va me réveiller!)

Je m'installe en petite boule, l'oreille et la langue collées sur le rail pour être sûr de bien entendre le bruit de la prochaine locomotive.

(Ron zzzz.... Ron zzzz....)

(Tchou! Tchou!)

J'ai rien entendu, rapport à mon oreille dure de la feuille depuis les quatre-vingt-douze balles.

(Tchou! Tchou!)

Ça m'a réveillé quand le train était rendu à peu près proche de même.

(Tchou! Tchou!)

Je me suis entrebâillé un œil.

(Tchou! Tchou!)

Rien qu'un peu. Juste assez entrouvert pour que le train me rentre dans la pupille.

(Bang!)

J'ai fait voir de rien. Le gros char m'a poussé jusqu'à Charette. (Rien que pour vous dire comment c'était un bon chauffeur de train qui chauffait : il a pas breaké. Il m'a descendu à Charette direct, sans me demander une cenne.)

Rendu à Charette, pas plus tard qu'à matin, je me suis rendu compte que je voyais mal. De ce bord-là, j'avais la vue amochée. Avant de m'en venir, je suis passé chez le médecin de campagne. Il m'a dit :

— *Qu'est-ce que t'as eu ?*

— *Il y a un train qui m'a rentré dans l'œil !*

Il a pris son canif pour me gratter l'orbite. Il a jamais trouvé le train, mais il a vidé la coquille complètement. Puis après avoir fouillé dans son armoire, dans ses pots de cerveaux puis de fœtus (il y en avait un qui te ressemblait, Babine!), il a pris un bel œil de vitre dans une boîte de velours noir.

— *Regarde par ici !*

Il s'enligne, puis il me le lance direct dans le trou.

— *Ça te fait ben. Il est parfait pour toi.*

— *Docteur ! Ça me fait deux yeux pas de la même couleur.*

— *Écoute, c'est beau de même. Dans une couple d'années, ça va être à la mode, deux yeux pas pareils !*

Sortant de là, j'ai cligné à gauche puis j'ai enfilé dans le cinquième rang. Vous autres, vous m'avez vu arriver. Lurette m'a sauté au cou. Vous avez tous dit :

— *Pauvre Dièse. T'es pas chanceux !*

Vous saurez que je suis l'homme le plus chanceux du monde. Pourquoi ? Parce que j'ai toujours respecté ma parole. J'ai pas à me cacher de ça. J'ai connu des passants qui passaient souvent, des amants qui aimaient beaucoup. Moi, je suis un galant. Un galant qui gale vite.

Je suis là à vous conter mon histoire pendant que le foreman, le fermier puis mon caporal de troupe pensent que je suis mort. Ils doivent être sûrs qu'ils m'ont eu. Pourtant, c'est pas vrai. Ils m'ont arraché presquement tout ce que j'avais, mais il me reste une chose. Une chose que personne aurait pu toucher. C'est tout ce qu'il me reste, mais c'est mon cœur.

***

Les femmes pleurèrent à la fin de l'histoire du revenant. Lurette vint se coller sur Dièse pendant que Ti-Bust ne les lâchait pas du regard. Quelques secondes firent branler l'horloge…

***

Mon histoire est pas finie, mais je ferme ma boîte quand même. Je m'arrête de la conter parce que si je continue, je vais me mettre à mentir…

***

Ma grand-mère disait que Dièse avait la parole facile. Il n'avait pas dit son dernier mot.

La danse à Lurette

Ma grand-mère disait que l'histoire s'est passée dans le temps où c'est que le monde avait du plaisir.

«Dans ce temps-là, la neige était encore blanche dans les chemins puis les portes avaient pas de barrure. Aussi, les fêtes de l'année se célébraient ailleurs que dans les magasins. Aujourd'hui, c'est rendu qu'on a des taxes d'amusement, des permis de jeu, puis encore. On est pris pour acheter du plaisir en caisse de douze ou en petite pelouse. Pour éviter que ça nous coûte un bras, c'est rendu qu'il faut avoir du fun en cachette.»

Ma grand-mère disait que l'histoire s'est passée dans l'antan où c'est que le monde avait du plaisir.

***

Un été avait fait son tour. Déjà, un autre automne achevait de se décolorer. Depuis le retour de l'éclopé, malgré les demandes répétées, Ti-Bust n'avait jamais consenti à laisser aller sa fille en mariage. Le forgeron tenait mordicus à ses positions sadiques.

La fin novembre traînant avec elle le jour des vieilles filles, Lurette allait être parmi les celles qui coifferaient Sainte-Catherine. (C'était pareil à chaque fois: on organisait un grand bal à l'huile, chez Brodain Tousseur, à l'attention des filles qui resteraient sur la tablette. Lurette serait définitivement de la batch des non-matchées.)

En guise de dernier spasme de rêve, elle espérait profiter de cette veillée-là pour convaincre son père de la laisser s'unir à Dièse. Elle avait mis ses petits suyiers de satin puis sa robe la plus fine, elle s'était peignée comme une princesse. Toute la journée, elle avait donné des petites faveurs à son père, elle l'avait cajolé comme un enfant dans la ouate.

Au soir venu, au bras du forgeron, elle était allée rejoindre le rassemblement chez le *bootlegger*. Déjà, sur les marches de la galerie, on pouvait entendre des bribes d'airs entraînants, le rythme secoué des semelles qui battaient le plancher de bois de la cuisine.

— On va pouvoir danser, pôpa!

Dans le coin de la cuisine, sur une chaise droite, Babine s'essoufflait dans sa musique à bouche depuis déjà une bonne demi-heure. Le gros du monde était installé tout le tour de la pièce, les dossiers accotés au mur. Ça placotait en masse, ça fumait. Les éclats de rire puis les simagrées remplissaient l'ambiance.

À l'arrivée du père et de la fille, monsieur Tousseur vint dégreyer les manteaux et chapeaux.

— Tirez-vous une chaise!

(Ti-Bust dans le coin des vieux, Lurette dans la ronde des jeunesses.)

À l'entrée de sa belle, Dièse n'avait pas pu se retenir de l'aimer encore plus. Dans l'oreille, il lui avait soufflé mot.

— Ma belle Lurette, donne-moi ton âme, à soir!

— Écoute Dièse, que murmura Lurette en rosissant, tu vas trop vitement! Commence par me demander mon cœur. Après ça t'auras mon âme et puis mon beau p'tit-p'tit-p'tit porte-bonheur...

La belle prononçait ses mots comme on dirait une comptine d'enfant, presquement avec mélodie.

Quelques minutes plus tard, après une petite gorgée de bière de bibites pour les gars puis des rires timides pour les filles, les scrupules étaient tombés. Dièse, de temps en temps, tendait sa bouche à l'oreille de Lurette.

— Ma belle Lurette, donne-moi ton cœur!

— Écoute, Dièse! Tu vas trop vitement! Commence par me demander ma main. Après ça t'auras mon cœur, mon âme et puis mon beau p'tit-p'tit-p'tit porte-bonheur.

La danse était maintenant généralisée. Babine reprenait son souffle de bourrasque, puis il poussait les airs les plus endiablés de son répertoire.

— Ma belle Lurette, donne-moi ta main!

— Écoute, Dièse! Tu vas trop vitement! Commence par me demander un bec. Après ça t'auras ma main, mon cœur, mon âme et puis mon beau p'tit-p'tit-p'tit porte-bonheur.

Cotillons, danses rondes et sets carrés, gigues simples et compliquées, danses et contredanses s'enfilaient sans répit. Puis dans le swing des jarrets légers, Dièse jouait le tout pour le tout. Autrement, Lurette serait vieille fille à partir de demain…

— Ma belle Lurette, donne-moi un bec!

— Écoute, Dièse! Tu vas trop vitement! Commence par me demander une danse. Après ça t'auras un bec, ma main, mon cœur, mon âme et puis mon beau p'tit-p'tit-p'tit porte-bonheur.

Les pirouettes et le sprignage des danseurs ne slaquaient pas. On n'avait jamais vu pareille danse dans toute l'histoire du village. (Ti-Bust lui-même, qui s'était promis de garder son sang-froid, se sentait devenir le sang chaud. Il s'émoustillait à la vue des belles jeunesses fringantes qui se déviraient les talons.)

Les heures passaient, dans l'emportement des steppettes.

Tout d'un coup, comme on ne s'y attendait pas, ça cogne-cogne-cogne à la porte. À cette heure-là (il était presque minuit), la fête devait finir. Pourtant, quelqu'un arrivait.

— On satan pas à recevoir d'autre visite!

— Entrez, que lança Brodain.

Puis la porte grinça sur ses pentures. On vit un beau jeune homme faire un pas dans la cuisine. (Silhouette sombre... Personnage étrange qui portait la tête haute dans des allures princières.) Les yeux écartillés, toutes les filles du *last-call* se pâmaient déjà.

— Considérez-vous comme notre invité d'horreur, m'sieur. Soyez comme chez vous!

(Il était habillé comme un dépité. Grand chapeau, petits gants noirs, moustache taillée droite, queue entre les deux jambes et feu au derrière. Il avait dans les yeux une lueur de poêle au charbon.)

Toutes les têtes se tournaient vers celle de l'inconnu. (Ti-Bust avait une légère impression de déjà-vu-quelque-part.)

— En avant la musique, que lança Brodain.

Babine s'époumonait de nouveau dans son flûtage pendant que, sous les regards mouillés de toutes les créatures de la place, le beau jeune homme s'enlignait directement sur Lurette.

— Ma belle Lurette, donne-moi une danse!

— Va pour une danse, qu'elle répondit tout émotionnée, mais je t'en donne rien qu'une!

Ni une, ni deux, puis ça part! Comme un coup de vent! La belle Lurette dans les bras de cette amanchure d'homme-là. Le duo occupait tout le plancher de la cuisine. Ils tournaient, tournoyaient, virevoltaient. On aurait cru qu'ils ne touchaient pas à terre. Babine s'épuisait à *reeler* ses entraînes. La belle, tout ébarouïe, se collait de plus en plus sur le beau danseur. Elle se sentait emportée dans le courant. Elle se sentait décoller. Comme dans une transe. Une transe en danse. Ça fortillait tant tellement ce couple-là que le village en tremblait. (Ça doit être Richter, d'ailleurs, qui alerta le curé parce que quelques minutes passées minuit, la soutane toute croche, il arriva comme une repousse.)

— Arrêtez la musique! Le Yable est parmi vous!

(C'était ça! C'était Lui!)

— Arghhhh! Lurette, tu me donnes une danse d'éternité. Après ça je prendrai un bec, ta main, ton cœur, ton âme et puis ton beau p'tit-p'tit-p'tit porte-bonheur.

(Ti-Bust le reconnaissait.)

— Me semblait, itou...

Trop tard, pourtant. Babine ne pouvait plus s'arrêter de jouer. Les danseurs tournaient si vite que personne ne pouvait s'approcher de leur carrousel. La compagnie était en sueur.

— Qu'est-ce qu'on va faire pour la sauver?

Vite d'esprit, Dièse se renfonça les doigts dans l'orbite. Arrachant son œil de vitre, il le garrocha sur le plancher.

... roule...

(Juste espérer que l'Yable se mette la patte dessus!)

... roule...

(Il va tomber en pleine face!)

... roule, mais rien...

(Il ne se passait rien! L'œil de vitre de Dièse avait roulé sur le plancher pour se rendre au meilleur spot: juste dessous la robe de Lurette. De là, il profitait tranquillement d'une vue sur le p'tit-p'tit-p'tit porte-bonheur!)

La musique ne finissait plus de finir. Le Yable s'approchait de plus en plus de la porte, en dansant toujours plus serré, la Lurette ensorcelée dans les bras.

— Arrêtez-les !

D'un coup, la belle et la Bête firent un faux pas. Le cornu mit le sabot sur le voyeur. Marchant sur l'œil comme sur une bille, il s'enfargea. (Salto arrière et fers en l'air : une figure que Ti-Zoune lui-même n'a jamais su reproduire.) Avant de s'étendre de tout son long, sa tête fessa sur la bavette du poêle. Dans une boucane, comme un pétard, le Yable disparut.

***

— Tassez-vous !

Babine avait arrêté de jouer. La poussière retombait. On aurait pu entendre une mouche atterrir. Dièse puis Ti-Bust se penchèrent sur Lurette. Étendue à terre, abasourdie, la belle s'ouvrit un œil. L'œil dans l'œil, elle regarda Dièse. D'égale à égal.

Dans un murmure, elle laissa entendre son cœur.

— Je t'aime comme une maudite !

***

Une déclaration d'amour ! Tout est bien qui finit bien ! (Pensez-vous vraiment que Ti-Bust allait laisser faire ça ? Non, monsieur !) Blanc comme un drap, avec le village en entier comme témoin, il répéta son avertissement :

— Penses-y même pas, Lurette. Il en est pas question !

Ma grand-mère m'a dit que c'est comme ça que Lurette devint vieille fille.

La bosse de Babine

Il savait moins que nous.
Nous savons moins que lui.
« À force de parler aux cailloux, disait-il,
les cailloux te répondent,
ils donnent leurs secrets. »
Il n'y a plus de cailloux, aujourd'hui, sur les routes.
Henri Gougaud

Ma grand-mère disait que l'histoire s'est passée dans l'antan où c'est que les croyances étaient encore populaires.

« À l'époque, les imaginations faisaient partie du quotidien. On avait juste à accorder un brin de foi à quelque récit inversemblable pour l'intégrer à sa vie. Aujourd'hui, avec le contrôle des infirmes multinationales, on nous sert les plats tout cuits dans l'âme, sur des trop petits écrans. Puis quand ça fait pas notre affaire, on change de poste. »

Ma grand-mère disait que l'histoire s'est passée dans l'antan où c'est que les croyances étaient encore populaires.

***

Par les temps frets, je vous l'ai déjà dit, comme pour se prémunir des grandes soirées frileuses, on organisait des rassemblements. Les veillées se relayaient, chez l'un puis chez l'autre, pour faire danser, chanter, puis conter à la chaleur de la proximité.

Un certain soir, il y avait eu le bal à l'huile de la Sainte-Catherine chez Brodain Tousseur. Cette fois-là où le Yable avait manqué de tuer la belle Lurette, tout le monde, même le fou du village, était présent. C'est d'ailleurs lui-même, Babine, qui avait mené le bal avec sa musique à bouche.

***

Chaque fois, c'était pareil : la veillée durant, Babine soufflait dans son instrument. Il avait du poumon comme un vent du large qui pousse des bateaux. Des bateaux grands comme des continents. Babine jouait de la ruine-babines comme personne. Il jouait autant qu'il pouvait, il pouvait autant qu'il était ridé, puis il était ridé autant qu'il était laid.

(Je ne vous en ai pas parlé beaucoup, mais voici, voilà : le fou de mon village était affreux. Ça allait bien pour rire de lui ! La face arrangée comme une citrouille oubliée jusqu'à Noël sur la galerie. Le dos courbé, les épaules envoûtées. Tellement arrondi qu'il ressemblait à un point d'interrogation quand il passait par les rues (?). Puis la petite boule au bas du crochet d'interrogé (.), on la lui avait cousue sur le dos. Le poids d'une démesure sur l'échine : Babine était bossu. Ti-Jack Prévert prétendait que le fou descendait du dromadaire. Repoussant, laid, comme un monstre en-dessous du lit...)

***

Après la fête des vieilles filles chez Brodain Tousseur, la maison se vida. Lurette dans les bras de son père, Dièse avec le cœur démanché, le Yable dans un nuage de boucane, puis le curé dans sa soutane, tout le monde finit par partir. La plupart partait en voiture, bien au chaud, en-dessous des fourrures. Les voisins couraient jusque chez eux! On se criait «À demain!», puis le défilé prenait le chemin. C'était toujours la même chose.

La même chose: personne n'offrait jamais à Babine de l'embarquer. Le fou, qui jouait sa musique les yeux fermés, ne voyait jamais passer la trâlée. Quand il ne restait plus personne, le propriétaire de la place sacrait un coup de pied sur la chaise du fou.

— C'est assez, Babine! Il faut partir...

Babine se greyait pour prendre le chemin. Le manteau sur la bosse, la ruine-babines dans la poche, il filait jusque chez lui, dans le fond du chemin Saint-Louis. Pas loin du lac aux Sangsues.

Le soir de la Sainte-Catherine, quand Babine sortit après tout le beau monde, une neige fine puis collante couvrait les toits de tôle. La nuit était bleue. (Vous savez, de ce genre de nuits pas trop frisquettes. Sans nuages.) Bleue! (Ces nuits-là que le ciel clair laisse briller la lune de son ventre bleu sur les ombres du paysage.) Même la neige avait l'air bleu.

Babine marcha jusqu'à la sortie du village puis, là où il commença à y avoir moins de lumière de rues, il s'arrêta pour regarder la lune. La nuit était tellement belle que le fou s'assit sur une grosse roche qui dépassait du banc de neige pour admirer le décor. Malgré ·l'heure avancée du soir, Babine prit le temps de souffler une petite berceuse pour envelopper le sommeil du village...

***

À un moment donné, une petite comptine frappa à la porte de son tympan. Babine avait dormi? Il ne le savait pas. Le bossu s'ouvrit un œil pour voir d'où venait cette petite voix d'enfant.

À sa grande surprenance, il se trouvait là, tout autour de lui, une ronde de lutins. En place pour une danse! Des petits bouts d'hommes, pas plus hauts que ça. Le ventre comme une poire, les joues comme des tomates, les suyiers comme des bananes (un genre de comptoir d'épicerie avec fruits et légumes tout mélangés!).

Ils ne bougeaient pas, tous cerclés autour de la roche. Ils attendaient. Un des petits bonhommes, celui avec la barbe bleue comme la neige, s'approcha de Babine. Le regardant d'en bas, il lui ouvrit un marché.

— Babine! Si tu veux, tu vas jouer de la musique pour nous autres! Tu vas nous faire danser jusqu'au matin, puis en échange...

Babine était déjà dans l'entrain. Assis sur sa galette de pierre, courbé sous sa bosse, le fou portait la musique à sa bouche. Autour du musicien, les lutins dansaient, tournaient, chantaient dans le rang, dans la nuit bleutée.

***

Juste avant que le soleil étire l'aube au-dessus de sa catalogne de montagnes, les lutins s'arrêtèrent de gigoter. S'approchant de Babine pour le remercier, celui-là qui portait la barbe bleue lui offrit un cadeau bien spécial.

— En échange de tes airs, on va te permettre de choisir entre deux souhaits. T'as le choix entre la richesse... ou la beauté.... On te donne la fortune ou on t'enlève ta bosse!

Babine jongla à ça.

(Richesse... Beauté....!?!)

Babine avait bien besoin des deux...

(Richesse... Beauté....!?!)

L'argent, il pourrait le donner à sa pauvre mère...

Sans bosse, il pourrait se sentir comme les autres...

L'argent servirait à faire des veillées...

La beauté le....

(Richesse... Beauté....!?!)

Babine mit le doigt sur sa bosse.

— Beauté!

Vitement, dans une petite marmelade magique, puis quelques simagrées étranges, les lutins procédèrent à la sorcellerie. La bosse fondit...

(*Pshhht!*)

La bosse fondit, puis toutes les rides se sauvèrent. Le corps du fou du village se redressa. Dret, comme un point d'exclamation (!). Il était devenu beau. D'une beauté de conte. D'un charme que seule la magie peut faire naître. (Tellement beau que même ma grand-mère, avec ses dentiers, n'avait pas de mots pour le décrire!)

Le matin mena Babine à dormir chez eux...

***

Ronfler tout le jour parce qu'au soir, il y avait un autre rassemblement chez Brodain Tousseur. Babine se devait d'être en forme pour faire belle figure.

Quand il arriva à la veillée, les plus incrédules tombèrent sur le dos.

— Où t'as mis ta bosse?

(Un fou beau! Ça casse un party!)

Puis Babine raconta son histoire...

— ... les lutins, la musique, la danse... la beauté ou la richesse...

(Exactement ce que vous venez de lire!)

Les enfants riaient. Les parents fronçaient des sourcils pour éviter de croire à cette vision trop farfelue. Personne ne voulut croire à ça. Personne, sauf Ti-Bust. Ti-Bust! (Quand il entendait le mot RICHESSE, il pouvait croire n'importe quoi.)

Ce soir-là, quand l'heure de la fin de la veillée sonna, tout le monde finit par partir. La plupart partait en voiture, bien au chaud, en-dessous des fourrures. Les voisins couraient jusque chez eux! On se criait «À demain!», puis le défilé prenait le chemin.

(C'était toujours la même chose!)

La même chose: personne n'offrait jamais à Babine de l'embarquer. Le fou, qui jouait sa musique les yeux fermés, ne voyait jamais passer la trâlée. Quand il ne resta plus personne, le forgeron sacra un coup de pied sur la chaise du fou.

— C'est assez, Babine! Il faut partir... Habille-toi, je vas aller te mener chez vous!

(!)

De mémoire d'homme, on n'avait jamais vu ça!

(Quelqu'un qui offre au fou de l'embarquer?)

Babine se greya pour prendre le chemin. Le manteau sur le dos dret, la ruine-babines dans la poche, il s'installa dans le traîneau. Sous les fourrures, briques chaudes aux pieds, le fou se fit tirer par le joual de Ti-Bust. Lui qui n'avait pas l'habitude de la gentillesse... Ils filaient dans le chemin Saint-Louis, vers le lac aux Sangsues.

La nuit était noire. (Vous savez, de ce genre de nuits trop frettes, nuageuses.) Noire! (Ces nuits-là où le tamis du ciel ne laisse pas passer un seul grain de lueur de lune.) Même la neige avait l'air noire.

Le sleigh trotta jusqu'à la sortie du village puis, là où il commençait à y avoir moins de lumière de rues, Babine pointa la roche du doigt.

— C'est là… Les lutins, la fortune, la beauté…

Ti-Bust Riopel emporta son passager sur le seuil de la porte. Puis, revenant sur la route, il s'arrêta à la hauteur de la roche. Assis à l'endroit qu'on lui avait indiqué, monsieur Riopel attendit…

… attendit longtemps…

(Comme on patiente pour le gros lot!)

… longtemps…

(Attendre, attendre, puis espérer… Bientôt, le rhume vint. Les hémorroïdes vinrent…)

…

***

À un moment donné, une petite comptine frappa à la porte de son tympan. À la grande surprenance du père de Lurette, il se trouvait là, tout autour de lui, une ronde de lutins. En place pour une danse! Des petits bouts d'hommes, pas plus hauts que ça. Le ventre comme une poire, les joues comme des tomates, les suyiers comme des bananes (un genre de comptoir d'épicerie avec fruits et légumes pourris tout mélangés!).

Ils ne bougeaient pas, tous cerclés autour de la roche. Ils attendaient. Un des petits bonhommes, celui avec la barbe noire comme la neige, s'approcha de Ti-Bust. Le regardant d'en bas, il lui ouvrit un marché.

— Si tu veux, tu vas jouer de la musique pour nous autres! Tu vas nous faire danser jusqu'au matin, puis en échange, on va exaucer un de tes vœux…

Le bonhomme Riopel tira de sa poche une vieille flûte de bois. Il fit du mieux qu'il pouvait. Il joua mal et tout croche, peu habitué aux mélodies autres que celle de son enclume. Les lutins, complètement sonnés, lui demandèrent d'arrêter.

— C'est assez!

— Si j'ai joué pour vous autres, vous allez m'accorder un vœu!

— On t'offre le choix entre la richesse ou la beauté...

Ti-Bust se sentait déjà millionnaire. Son choix était fait depuis longtemps.

— Je vas prendre ce que Babine a pas voulu.

Le lutin sourit en coin, une étincelle dans l'œil.

— Prononce ton souhait comme du monde, forgeron. On reviendra pas là-dessus!

— TU ME FERAS PAS CHANGER D'IDÉE, MON TORRIEU DE REFOULÉ! JE VAS PRENDRE CE QUE BABINE A PAS VOULU!

Vitement, dans une petite marmelade magique, puis quelques simagrées étranges, les lutins procédèrent à la sorcellerie. Ti-Bust Riopel hérita de ce que Babine n'avait pas voulu.

(*Pshhht!*)

La bosse du fou poussa sur le dos du bonhomme. Son dos refrisa, des rides se jetèrent sur sa face. Il devint laid. Plus repoussant encore que Babine lui-même. (Citrouille oubliée jusqu'à Pâques sur la galerie... Mangée par les vers, l'œil qui tombe sur la joue...)

— Enlevez-moi ça de là, bande de petits yables...

Les lutins dirent qu'il était trop tard.

— Trop tard?

Ti-Bust tomba dans une colère noire. Noire comme la neige. Dans un geste de vengeance, il voulut frapper un des lutins. (S'il y a une chose que l'on doit retenir de cette histoire, c'est bien celle-ci : il ne faut jamais frapper un lutin !)

Ti-Bust s'élança. Dans son swing, il sentit son bras se raidir. (Sa motion se faisait de plus en plus ralenti.)

Le forgeron sentit sa peau durcir.

(Son élan modérait toujours, malgré l'effort.)

Ses orteils s'allongèrent pour se planter, profondément, dans la terre gelée de la fin novembre. Il sentait sa gueule devenir une gueule de bois. Des morceaux d'écorce se fixèrent sur ses bras, ses jambes. Puis, à la fin, il figea.

(Immobilisé.)

Depuis ce jour-là, il ne bougea plus jamais !

Ses bras devinrent des branches, son corps un tronc, ses cheveux des feuilles sèches que le vent emporta.

***

(Il ne faut jamais frapper un lutin.)

Quelques semaines plus tard, voyant que Ti-Bust ne revenait pas, Lurette demanda aux hommes du village de fermer la boutique de forge. Pour la première fois de l'histoire, on barra les grandes portes des jouaux. On condamna les châssis.

Pendant longtemps, Lurette chercha à comprendre. Elle voulut savoir où était passé son père. À la fin, elle se résolut à accepter le constat des langues fourchues.

— Il est parti en exil, quelque part dans un autre pays. Parti chercher fortune !

Le seul à savoir la vérité, ça aura été Babine (puis ma grand-mère, puis vous, maintenant !). Il n'en parlait pas parce qu'on ne l'aurait pas cru. Pourtant, le fou, chaque fois qu'il faisait le chemin entre sa maison et le village, il rencontrait un nouvel arbre. Là, pas loin de la roche en montant vers le lac aux Sangsues.

***

(L'arbre existe encore, à l'heure où j'écris ces lignes. C'est un arbre qui ressemble étrangement à un forgeron. Un homme de fer devenu bois! Un tronc croche avec une difformation, puis deux branches tendues. Un tronc qu'on dirait en train de s'élancer. Comme pour frapper un enfant. Le plus surprenant c'est que, sur le bout d'une des branches, on remarque, plantée dans un nœud de bois, une petite flûte taillée fine... Quand le vent du soir se lève, dans mon village, il se trouve quelques soupirs pour s'infiltrer dans la flûte. Au coucher du soleil, c'est la complainte du forgeron qu'on entend...)

Ma grand-mère disait que l'histoire s'est passée dans l'antan où c'est que les croyances étaient encore populaires. À l'époque où il suffisait d'accorder un brin de foi à quelque récit inversemblable pour l'intégrer à sa vie.

Épilogue

Cette légende-là a pris racine dans la même terre de roches que celle de mon arbre généalogique. À Saint-Élie de Caxton : un village planté entre les fesses de deux montagnes mauriciennes, un petit coin à moitié défriché qui apparaît rarement sur les cartes. J'ai grandi là, moi. En marge des mappes.

— Où tu restes, mon p'tit gars ?

— À Saint-Élie de Caxton !

— Ah ?

Ça ne m'a jamais dérangé d'être né de village inconnu.

On m'a arrosé et j'ai poussé… J'ai été nourri de père et de mère, d'une imposante équipe de mononcles et de matantes, de cousines, de voisins, puis encore. Plus que tout, j'ai eu une grand-mère pour m'apprendre la souvenance.

Ma grand-mère…

De ce que je me rappelle, elle a toujours été vieille. On pensait qu'elle était née de la première pluie. Puis comme elle habitait au coin de ma rue, j'allais souvent la visiter. À l'année longue, elle vous popotait des tablées qui sentaient le temps des Fêtes. Surtout, elle contait des histoires.

— Viens t'assir icitte, mon échevelé. Je vas te conter un conte !

Pendant plus de quinze ans, mon aïeule m'a entretenu l'imagination. Je n'ai jamais rien cru de ces histoires, mais, pourtant, c'était toujours un plaisir d'entendre qu'«il était une fois...». Rassurant, magique...

(Apprécier, mais ne rien croire. Peut-être comme vous qui lisez ces lignes. En seulement, vient un détour dans le chemin de la vie où il faut choisir de croire en certaines choses! Ce détour-là, je l'ai pris quand j'avais dix-sept ans...)

***

De toutes les phrases magiques de ma grand-mère, celle que je retiens le mieux est celle qu'elle m'a répétée le plus souvent.

— Quand il fait tempête de neige, il faut jamais passer par le vieux chemin!

(Le vieux chemin, c'est la route la plus longue pour aller en ville, en partant de Saint-Élie. C'est un enfilement de détours, de courbes et de côtes. Les cahots y poussent à plein asphalte. L'hiver, ce n'est pas déblayé à moitié. Dangereux!)

Ma grand-mère prenait bien peu de risques en me conseillant de «[...] jamais passer par le vieux chemin quand il fait tempête!» Quand je serai grand, si jamais je conduis par un jour où il neige, je me promets bien d'éviter ce parcours-là, que je pensais en moi-même.

— Quand il fait tempête de neige, il faut jamais passer par le vieux chemin!

Ça me pétait dans le crâne comme un écho.

***

Ma jeunesse coula comme un ruisseau. Un ruisseau puis, bientôt, je chutai dans l'adolescence. (L'adolescence, comme un camion chargé qui te rentre dedans à pleine vitesse! Le choc fut si fort que ça me causa une amnésie partielle.)

Le courant m'entraîna vers mes seize ans. Cette année-là, mon père me fit cadeau d'un permis.

— Un permis?

— Un permis de chauffer!

— Chauffer quoi?

— Chauffer un char, niaiseux!

Et dans la pelouse fraîche coupée, à travers la porte patio, mes yeux tombèrent sur un tas de rouille. (Mon premier bazou! Tellement rouillé qu'on distinguait mal le devant du derrière.)

— C'est dangereux, pôpa! J'ai jamais chauffé!

(J'étais tout fébrile à l'idée de prendre la roue et la route.)

— Aie pas peur, mon gars! Pas de danger: il starte pas!

Je me pratiquai dans la cour, sur place… Puis, voyant mes aptitudes, mon père me donna la clé! La clé des champs… La liberté sur quatre roues!

(À cette époque, j'étudiais au cégep de Shawinigan. Chaque jour je roulais le trajet qui sépare la ville de mon village. Avec mon nouveau char, par le chemin neuf! (Vous vous doutez bien qu'il ne m'était jamais venu à l'idée de me rallonger le parcours par le vieux chemin. Pourtant…))

***

J'étais à ma dernière session en psychologie. (Ils achevaient de me scraper les structures mentales!) Par un bon mardi de janvier, la tête remplie par huit heures de cours, je devais revenir de la ville. À ma sortie de l'école, il devait approcher les sept heures du soir.

(Janvier! À ce temps-là de l'année, sortant de l'école tard, il faisait déjà noir. Noir et blanc, que je devrais dire, parce qu'en plus du soir tombant, il y avait la neige qui en faisait autant. Une NEIGE!

(Pas une petite neigeotte de film de Noël.) Une bordée! (En plus qu'un vent du Yable s'était mis là-dedans! Vous imaginez bien les bourrasques, les tourbillons blancs, puis envoye donc!) On n'y voyait rien. Ni ciel, ni terre. La tempête du siècle de mes dix-sept ans, comme qu'ils diraient.)

En voyant ça, moi, dans ma sagesse de jeunesse qui pensait en avoir vu bien d'autres, je me zippai jusqu'en haut pour me rendre à mon char. Le frimas dans les lunettes, l'idée me vint de prendre le vieux chemin. (C'est logique! Dans un temps de pet [*oups*], tout le monde va s'autorouter, se bouchonner, s'accidenter par la route neuve. Pour être tranquille, il n'y a rien de mieux que le chemin le plus long. C'est tortilleux, oui! C'est périlleux aussi! En seulement, personne ne s'aventure là. Tout fin seul. Je ne risquerais pas de subir les imprudences des autres!)

C'est donc avec les essuie-glace au bout, la chaufferette qui tousse puis la radio qui griche que mon char se retrouva sur le vieux chemin. (Vingt kilomètres/heure.) Le vent beurrait le paysage de murs blancs, de blancs de neige qui bouchaient toutes mes chances d'y voir clair. Vous savez comment c'est? Ça souffle, ça murmure, les bourrasques, dans les petites craques des carrosseries pas étanches: ça siffle l'air du cataclysme au-delà de la tôle.

Lentement, penché sur ma roue, les yeux plissés, je filais ma route. Ça allait bien! Défilaient les lac Vert..

... (légèrement à droite)...

... lac à la Perchaude...

... (un petit coup à gauche)...

... lac Gareau

... (la côte qui monte à pic)...

… lac Long…

… (crampe à gauche)…

… lac Long…

… (vers la droite)…

… lac Long…

… (il est long!)…

Tout d'un coup, dans la grande courbe qui suit la pinède du Winchester (pas loin de 675 degrés de virage!), ma radio éternua. (Ah?) Au même moment, à travers un rideau de neige, j'entrevis… je ne sais pas… quelque chose… J'avançai encore puis, entre deux soupirs de vent, ça se dessina: une silhouette blanche.

Plus je m'approchais, plus je me rendais compte qu'il se trouvait là quelqu'un de mal pris. Oui! Une fille! Debout sur un refoulement de tempête laissé par la charrue. Une fille, dans mes âges, en robe de mariée couleur de flocons. Les bras croisés dans ses manches courtes, bleue d'avoir gelé, elle restait plantée là sans broncher.

(Un accident?)

La fille qui se trouvait là, vous pouvez le croire, ça en était une comme je n'en ai jamais vu. Ni avant, ni après cette histoire-là.

Belle, comme une neige nouvellement tombée où on ne trouve aucune trace de pas. Immaculée! La chance que j'avais de pouvoir la sauver! (Si vous l'aviez vue, vous seriez de mon dire.) Aujourd'hui, je donnerais tout ce que je possède (je possède peu, mais j'y tiens beaucoup!) pour pouvoir sauver encore une fois une belle fille de même.

Je ralentis, donc, puis j'arrêtai juste au bout de ses pieds. Je lui fis signe de sauter dans le char. (Viens, ma belle, je vais te sauver!)

Elle, la crinière au vent, elle ne réagissait pas. Elle restait figée, droite comme un glaçon, les yeux dans le livide. En sauveur opportuniste, je débarquai de ma monture pour aller lui ouvrir la porte et l'aider à embarquer.

En la tenant par les épaules, je la portai jusqu'à l'assir sur le siège du passager. Revenu à ma place de chauffeur, ce furent les questions.

— Un accident? Vous êtes-vous écartée?

— …

— Des blessés?

— …

Elle ne répondait rien! Elle ne slaquait pas de frissonner, la vue accrochée dans le néant. C'est tout!

— Pas de morts?

— …

Rien! Les essuie-glace n'arrivaient même pas à la faire cligner des yeux. Elle avait l'air plongée dans une catalepsie sans fond! Puis moi, je ne comprenais rien: cette belle fille-là, au milieu d'un chemin de glace.

— Écoutez, mam'zelle! Je vais repartir. Quand vous serez rendue, vous me le direz.

À ce moment-là, subtilement, je remontai ma chaufferette à quatre. (Suffit qu'elle défroste pour tomber en amour avec son sauveur!)

Je repris mon vingt kilomètres/heure, avec elle qui bardassait de grelottements comme une laveuse à spin (elle va dévisser mon siège!), la tempête qui ne modérait pas, puis la radio qui crachait à faire péter les haut-parleurs.

… lac du Barrage…

… (garde ta droite)…

Du coin de l'œil, je surveillais ma rescapée.

… lac aux Sangsues…

… (tourner sur le chemin Saint-Louis)…

(Je pourrais la prendre dans mes bras pour la réchauffer!)

J'arrivai finalement au village. (Elle n'avait pas demandé à débarquer encore! Elle continuait de shaker…)

… La rue Principale, puis je tournai sur ma rue. Là, sur le coin où ma grand-mère habitait, subitement, elle revint à elle.

Ah! Elle se mit à gémir puis à gigoter. Elle lâchait des cris, elle se débattait dans sa ceinture de sécurité.

— OK! Grouillez pas! Si vous voulez débarquer, je vais me tasser sur le bord de la rue.

J'arrêtai. À ce moment-là (j'écris tranquillement mais sachez que tout ça s'est passé vite!), elle s'engança pour ouvrir la porte puis se sauver. Moi, j'y pensais : tellement belle que ça va me prendre une raison, une défaite pour la revoir.

— Attendez une minute! Je vais vous prêter ma tuque pour ne pas que vous vous geliez les oreilles en marchant jusque chez vous.

(C'était une tuque d'un beige tirant sur le gris que ma grand-mère m'avait donnée en préhéritage : un bonnet après lequel se trouvaient fixées des oreilles tellement longues qu'on pouvait se les attacher en-dessous du menton. Capine affreuse s'il en fut une, mais combien chaude! Et qui avait été tricotée par une sorcière, avec du fil à retordre, du fil des idées et des étoiles filantes…)

Dans un geste de héros de conte, autant chevalier que gentleman, donc, je pris ma tuque pour la lui renfoncer sur la tête. Un nœud d'oreilles pour que ça tienne, puis voilà!

— Je viendrai la reprendre demain matin!

Attriquée de même, puis je la trouvais encore magnifique.

Elle partit en courant dans les tourbillons blancs. Par là, jusque...
(Je crus voir, dans mon miroir, qu'elle avait tiré du bord de chez ma
grand-mère.) Chez ma grand-mère? Décevant! (J'en déduisis que
cette fille-là devait être une des cousines des États dont ma grand-
mère me parlait tout le temps.)

***

Une cousine? Pensez que ça fut vite oublié!

Les semaines passèrent, traînant derrière elles les mois du printemps. Les montagnes de neige fondaient, les parfums de la vie revenaient, avec la turlutte des oiseaux. Moi, je n'avais toujours pas
récupéré ma tuque.

Un bon dimanche après-midi, comme je n'avais pas trop de
devoirs de cégep, je voulus aller récupérer mon bonnet chez ma
grand-mère.

— Rentre, mon ti-gars. Viens t'assir.

Mon verre de lait m'attendait déjà sur la table. Je me tirai une
chaise puis, égrenant mes biscuits Goglu, je demandai des nouvelles
de ma tuque.

— Ta tuque?

(Ma tuque beige avec des longues oreilles molles. Celle qu'elle
m'avait léguée.)

— Justement, mon ti-gars, fais pas le niaiseux! Je te l'ai déjà
donnée.

(Une fille devait sûrement l'avoir rapportée chez elle, cet
hiver.)

— Une fille?

— Vous vous souvenez, grand-maman, quand il y a eu la
tempête?

Elle commençait peut-être à comprendre, mais elle préférait que ce soit autre chose.

— Quelle fille?

— Celle-là que j'ai embarquée dans la grande courbe, sur le vieux chemin...

— ...

Ça me revint: l'avertissement trop de fois répété. Ma grand-mère avait déjà des petites larmes qui bouillonnaient dans le coin des yeux. Elle me dévisageait d'une drôle de manière.

— ...

Éclat de sanglots! Pour la première et seule fois de ma vie, je vis ma grand-mère pleurer. Ce n'était pas un petit pleurage pour la forme, sur la pointe des cils! Non! Plutôt un braillage de barrage qui s'effondre. (Ça me fait encore drôle d'en parler.)

— Voyons, grand-maman, elle est pas morte, la fille? Pas malade d'engelures, j'espère?

— NON!

Elle venait de renifler un grand coup pour ravaler sa peine visqueuse.

— TI-GARS, JE T'AVAIS POURTANT DIT, PUIS REDIT, PUIS RÉPÉTÉ DE JAMAIS PASSER PAR LE VIEUX CHEMIN QUAND IL FAIT TEMPÊTE DE NEIGE! TU M'AS PAS ÉCOUTÉ, TI-GARS! À CETTE HEURE, TU VAS DEVOIR RESTER LÀ, LES OREILLES GRANDES OUVERTES, PUIS ENTENDRE LA FIN DE L'HISTOIRE... OUI, TI-GARS! CETTE FILLE-LÀ QUE TU PENSES AVOIR SAUVÉE, ELLE A VÉCU ICI, DANS MA MAISON, IL Y A BIEN DES ANNÉES. CETTE FILLE-LÀ, C'EST UN FANTÔME!

(Puis:)

— Je vais aller mettre mon dentier parce que la prochaine histoire que je vais te conter, elle est dure à avaler !

***

Ma grand-mère disait que l'histoire s'est passée dans l'antan où c'est que l'amour durait.

« Il faut jamais dire « j'aimais », qu'ils pensaient. On préférait conjuguer l'amour au présent de l'infini. « Je t'aime ! » Ce n'étaient pas des paroles à s'envoyer en l'air. Aujourd'hui, avec l'avancement, l'amour prend du recul. C'est devenu un sentiment intouchable, un sentiment qu'on approche juste avec des gants de plastique. C'est devenu l'amour avec armure. Une illusion qui va comme elle vient. On est en train de capoter ! »

Ma grand-mère disait que l'histoire s'est passée dans l'antan où c'est que l'amour durait. Toujours. Puis même après.

***

Le temps passa en-dessous du pont.

Ti-Bust ne redonna jamais signe de vie.

Lurette porta son deuil du disparu comme une bonne fille.

Au village, cette année-là, les malheurs frappèrent fort. La Sauvagesse filait du mauvais coton. Le maire démissionna quand l'asphalte déroula son cordon noir sur les fleurs des chemins de garnotte. Brodain Tousseur arrêta de vendre sa bière de bibites quand les cuves de *stainless* furent obligées. On sentait que tout se chambardait.

Comme si ce n'était pas assez, par-dessus le marché, l'église passa au feu. Beau dommage ! Par une nuit de janvier, la fournaise à huile, flambant neuve, licha les murs avec sa langue de feu.

— L'église est en train de brûler ! Amenez vos seaux...

Les chaudières ne purent rien faire contre l'enfer qui s'attaquait au clocher. Jusqu'au coq de la girouette qui rôtit comme un
poulet.

Malgré ça, Lurette et Dièse continuaient de s'aimer à pleins
poumons. Elle, orpheline; lui, éclopé. Puis tous les deux, même s'il
leur en manquait des bouts, gardaient leur rêve entier. Ils ne lâchaient
pas de mijoter des plans d'avenir.

(Un avenir possible, à cette heure. Maintenant que Ti-Bust était
parti rouler sa bosse ailleurs…)

Un bon matin de janvier où il tombait une fine neige, Lurette
proposa à Dièse de s'unir.

— Il y a pus rien qui nous empêche!

Dièse se dépêcha de dire «OUI!».

— On va aller se marier dans le village voisin…

Puis il se pressa d'aller emprunter le joual d'Ésimésac Gélinas.

— Envoye! Embarque! On prend le chemin.

En route, la neigeotte du départ devint bordée. Bordée, puis,
bien vite, tempête. Dièse ne modérait pas, pressé qu'il était de s'unir
à la belle.

Dans les bourrasques de neige, le traîneau filait un soixante milles
à l'heure certain. De chaque bord du vieux chemin, les arbres crochus
défilaient vite…

— *Hue*!

Des flocons plein les yeux, dans le vent qui ne lâchait pas de
siffler, Lurette criait: «Je t'aime, Dièse!»

— *Hue*! *Hue*!

À la fine épouvante!

… lac aux Sangsues…

(Dièse chiquait, énervé comme jamais, avec le bonheur qui luisait dans son œil vert.)

... lac du Barrage...

— *Hue*! *Hue*!

... Puis v'là la grande courbe qui se présente...

— Ralentis!

— Ça veut pas slaquer!

Dans le milieu de la courbe, en-dessous d'une couche de neige : un miroir de glace. L'étalon haut n'y vit que du feu...

(*BANG*!)

Le convoi se ramassa dans le décor. Le joual, Dièse puis la belle Lurette y laissèrent leur peau. Morts! Le jour où ils allaient réaliser leur vie : se marier! (Ti-Bust n'aurait jamais laissé faire ça!)

***

— C'est depuis ce jour-là que, quand il fait tempête, on peut voir le fantôme de la belle Lurette qui se tient pas loin du vieux chemin. Il y en a gros qui l'embarquent, mais peu qui savent l'histoire. À toutes les fois, elle demande à débarquer ici. Elle s'en vient chez nous parce que c'est dans cette maison-ci que les Riopel restaient. C'est là, dans la cour en arrière, dans le hangar, que Ti-Bust forgeait à la journée longue. Elle fait juste revenir chez eux, la belle jeunesse...

***

Il était rendu tard.

— Merci, grand-maman!

Je pris un petit bonbon à la menthe dans le vieux pot, puis je partis...

***

Les histoires de ma grand-mère, je le répète, je ne les ai jamais crues. (J'ai toujours aimé à les écouter, mais je n'y ai jamais accordé une foi entière. Je faisais comme tout le monde! Oui! Comme tout le monde, et c'est normal : le chemin du doute est plus rassurant quand les événements nous dépassent.) Rien cru, jusqu'à ce jour-là.

En sortant de la légende, je ne suis pas allé directement chez nous. Depuis quinze ans que mon aïeule me contait des contes en m'assurant de leur vérité : j'avais dans l'idée d'aller voir si les personnages dont elle me parlait avaient existé.

Je suis passé par la cour de l'église, pour me rendre dans le cimetière. Arrivé là, j'ai suivi l'ordre alphabétique sacré dans l'enlignement des pierres tombales. J'ai marché jusqu'à l'allée des « R » (comme Riopel).

Dans le fond de l'allée, sur un vieux panneau de bois penché, j'ai trouvé. Là, devant mes yeux... (croyez-le ou non, c'est le bout qui vous appartient!)

J'ai avancé pour voir mieux.

(*LURETTE*)

J'ai avancé encore un peu.

(*Lucienne Riopel*)

Deux pas de plus.

(*RIP*)

Plus proche encore.

(*Bang!*)

Je me suis pété la tête sur la petite croix qui surmontait le monument. J'ai levé le regard puis je l'ai retrouvée : là, sur la petite croix, ma tuque.

(Vous allez vous convaincre du mensonge en pensant que ma tuque avait été placé au cimetière par ma grand-mère. Pourtant, sachez qu'il ne se trouvait aucune trace de pas autour de la pierre tombale. Rien pour permettre de penser qu'un vivant était passé par là.)

Je l'ai prise, ma tuque aux grandes oreilles, me la suis mise sur la tête, puis j'ai filé chez nous, tranquillement. Depuis ce soir-là, j'ai cru à tout ce que m'avait raconté ma grand-mère. Depuis ce soir-là, je cherche, dans ma mémoire courte, à me rappeler toutes les histoires de la longue souvenance de Bernadette Pellerin.

***

Ma grand-mère est morte, il y a quelques années. Sur les derniers jours de sa vie, elle m'a confié qu'elle n'avait pas peur de la mort.

— Quand on sait que le souvenir reste, la fin est belle. La mémoire est le seul lieu où on demeure pour l'éternité.

Ma grand-mère défuntisa. D'un coup, passant de simple «ma'me Pellerin» à «feue ma'me Pellerin», sans flamme, ni étincelle. Elle expira d'un soufre.

— La mémoire!

C'est la grand-mère de tout le monde! La mémoire : cette parole des anciens qui ne manquait jamais de se passer d'une bouche à l'oreille, qui se transmettait sans manquer de maillon. Une mémoire que l'on se partage, depuis belle Lurette...

Aujourd'hui, ma grand-mère est décédée. Ces histoires-là, elle serait d'accord avec moi, elles sont pour vous, elles sont à vous. Il faut les léguer, maintenant, à vos enfants, à vos petits-enfants. Pour que notre mémoire ne s'efface pas. Jamais... JAMAIS!

Bernadette Pellerin

100%

Achevé d'imprimer
en février 2016 sur les presses de
Marquis Imprimeur

Imprimé au Canada • *Printed in Canada*